猫の笑う、幸せの棲家

CHIHARU AYA
綾ちはる

JN267441

CHOCOLAT BUNKO

ILLUSTRATION みずかねりょう

CONTENTS

その家には、人とアヤカシが寄り添うように暮らしていた。

一章

1

真っ白とも真っ黒ともつかない空虚な空間を、ひたすらに走っている。足は重たく、息は苦しい。心臓が破れそうだ。それでも立ち止まることはできない。後ろから、流れるようにするすると迫ってくるモノがある。捕まったら最後だということを、知っていた。

それは、影だった。夜闇《やあん》よりも暗く、絶望的なほどに黒い影。時おり、ケタケタケタケタと不気味《ぶき み》な声を漏《も》らす。嘲笑《あざわら》うように、あるいは心底楽しんでいるようにも聞こえた。

いっそ捕まってしまえば楽なのかもしれない。どうせ、自分がいなくなったところで、誰一人として悲しまない。

頭の隅《すみ》で考えながら、けれど、足はひたすら前へと走り続ける。

無様《ぶざま》だ。そう思った瞬間、ぐにゃりと地が緩《ゆる》み、体勢が崩れた。しまったと息を飲む暇もなく、後ろから影が巻きついてくる。手を、足を、胴体を、真っ黒な影に巻き込まれていく。ドロドロともネバネバともつかない嫌な感触。不快感に眉《まゆ》を顰《ひそ》めながら、浅ましくもがく。すると、頭の中に声が響いた。

――恨めしい。

恨めしい、恨めしいと、それればかりが繰り返される。先ほどの薄気味悪い笑いはすっかりと消え失せ、その声は悲しげでさえあった。

恨まれている。身に覚えのない、理不尽な状況ではない。むしろ、因果応報《いんがおうほう》というべきだろう。だからこそ、逃げることももがくことも無様だ。分かっているのに、どうしてこうまで必死に抵抗しているのだろうか。

ふいに、身体《からだ》の力が抜ける。

もう、いいではないか。身体は疲弊《ひへい》し、心は磨耗《まもう》している。これ以上無駄にあがいたところで、なんの意味もない。

胴体に巻きついた影が、顔にまで伸びてくる。耳が塞《ふさ》がれ、口が塞がれる。不思議と、息苦しさはない。じわじわと黒い薄い膜のようなものが目を覆いかけた、その瞬間——

「ちょっと」

甲高い声が脳天を揺すった。

「ねぇ、幸成《ゆきなり》くんってば」

はっと、息を飲む。同時に、全身を覆っていた影がずるずると引いていった。

「……ん」

海の底よりもっと深い場所まで沈んでいた意識が急激に引き上げられ、藤代《ふじしろ》幸成は重い目蓋《まぶた》を持ち上げる。黒く染まりかけていた視界に、ぼんやりとした光が差し込んだ。

「あ。やっと起きた」

柔らかい光の中で、髪の長い女がこちらを覗《のぞ》き込んでいた。

「ねぇ、お風呂《ふろ》借りたいんだけど」

背中にはシーツの感触、視界の端には見慣れた紺色のカーテン。その隙間《すきま》から光が差し込んでいる。

重くだるい身体をゆっくり起こす。筋肉を動かすと、ゆるゆると思考も回った。

「ねぇってば」

下着一枚を身に着けただけの幸成に、女が擦《す》り寄ってくる。彼女もまた、白い肌に赤い下着を纏《まと》っているだけだった。幸成より五つ六つは年上だろう大人の雰囲気を醸《かも》す整った顔立ちには、ぼんやりとだが見覚えがある。昨夜ふらりと寄ったバーで知り合い、酒を奢《おご》ってもらった。どうやらそのまま二人で幸成の家に雪崩《なだれ》込んだようだ。

しこたま飲んだせいだろう。頭が痛む。

記憶も定まらなくなるような泥酔《でいすい》状態でよく勃《た》つものだと、自分のことながら呆《あき》れずにはいられない。しかし、名前も知らないような女が隣にいるという状況も頭が割れそうなほどの二日酔いも、幸成にとって別段珍しいことではなかった。

「聞いてる?」

女の問いに、ガリガリと頭を掻《か》きながら「ああ」と答える。声は掠《かす》れていた。

「風呂ならキッチンの奥にあるから好きに、」

不自然に言葉が切れる。まだ半分ぼんやりとしていた頭がすっと冴《さ》えた。

女が心配そうに眉尻を下げる。

「どうしたの？　あ、もしかして二日酔い？　気持ち悪い？」

「……いや」

二日酔いなのは確かだが、言葉を飲んだのはそのせいではない。部屋の片隅にのそりと立っている黒い影を、まともに直視してしまったせいだ。

――恨めしい。

夢と寸分違《たが》わぬ姿、寸分違わぬ声で影が呻《うめ》く。いや、声は聞こえない。聞こえる気がするだけだ。ただただ黒い人型の影が、そこに立っている。

幸成は咄嗟《とっさ》にベッド横のサイドテーブルを確認する。煙草《たばこ》の箱とライター、灰皿、そして丁寧に蔓《つる》の折りたたまれた眼鏡《めがね》が置いてあった。その中からさっと眼鏡を掴んでかける。

レンズで覆われた視界には、もう黒い影は映らない。

「本当に大丈夫？　顔、青いよ」

柔らかな女の手が背中を撫《な》でる。

「別に、なんでもない。……朝だからぼうっとしてるだけだ」

苦しい言い訳だったが、女はなにも言わずに背を撫で続けてくれた。人の体温に、ほっと息を吐《つ》く。

「……悪い。先に洗面台いいか」

「いいよ。頭、はっきりさせてきて」

ベッドの下の畳《たたみ》に散乱した服の中から自分のジーンズを拾い上げて身に着ける。後ろポケットには財布が入ったままになっていたが、気にせずバスルームに向かった。

築四十年、汚れた畳が敷き詰められた八畳間に簡易キッチン、風呂場にトイレがついただけの安普請《やすぶしん》だ。独立洗面台などという贅沢《ぜいたく》なものは設置されていない。トイレの真向かいに設置されたアコーディオンカーテンを開けると風呂場があり、バスタブの横に玩具《がんぐ》のような洗面台が付いている。

幸成はまるで水に潜《もぐ》る前のように、ふっと息を吐いて眼鏡を外す。冷水で素早く顔を洗ってすぐに拭《ぬぐ》い、すかさず蛇口の横に置いた眼鏡をかけ直した。ほんの、数秒のことだ。

目前の鏡には、見慣れた姿が映っている。肉付きの薄い骨ばった身体。癖《くせ》のある黒い髪と、同じくらいに黒い目。なにか怒っているのかと聞かれがちな鋭い目つきが、今は頼りなげに強《こわ》張《ば》っていた。水を吸った前髪の先端から、ポタポタと水滴が落ちる。

幸成は鏡に映る自分の後ろに、そっと視線を移した。青いタイルの並ぶ壁。見えるのは、それだけだ。けれど、本当はそれだけではない。

いるのだ。きっとそこに、先ほどの、あの影が。

ごくりと、無意識に喉《のど》が鳴る。

あれは、決して幻覚や見間違えなどではない。

この世には、人ならざる者が山といる。けれど、彼らを認識できるのはごく少数の、目のいい人間だけだ。そして、幸成は少数の中の一人だった。物心ついた時から、人ならざる者たちの姿は、幸成にとって当たり前のものだった。

家の中を走る子鬼、山の向こうからぎょろりと辺りを見渡している大男、夜道を照らすように浮遊する火玉。

彼らは日常の中に自然と溶け込んでいた。彼らを『アヤカシ』と総称すること、そしてアヤカシは普通の人に見えないのだということを教えてくれたのは、今は亡き母親だ。

幸成は昔から母親似だった。勝気な印象を与える顔の造作も、強がりな性格も頑固な性根も、そして、アヤカシを見ることのできる目の良さも。

幼い頃は、人とは違う世界を垣間見る《かいまみ》ことのできる己《おのれ》の目が誇らしかった。アヤカシたちの姿や行動は面白く、好奇心を刺激された。彼らは人と交わることを嫌い、目のいい幸成をあからさまに避けたが、だからこそ彼らを見つけることは宝探しのようで楽しかった。

けれど、それも遠い昔のことだ。今は、不必要なものを映す目など、煩《わずら》わしいとしか感じない。

「ねぇ」

部屋に戻り、小さな溜息を吐き出しながらベッドに腰掛けると、女が覗き込んできた。

「その眼鏡、度なしなんだね」

「……なんだよ、いきなり」

「幸成くんが寝てる間、手持ち無沙汰《ぶさた》でなんとなくいじっちゃった。ファッション眼鏡とか掛けるタイプに見えないのに、意外」

相変わらず青い顔をしている幸成の気を紛らわせようとしてくれたのかもしれないが、地雷に近い話題だった。確かに、幸成が掛けている眼鏡には、度が入っていない。これは、良すぎる目を通常まで落とすためのものだ。

不思議なことに、レンズ一枚を障害物として挟むだけで、アヤカシの姿は視界から消える。

小学校に上がった頃、当時一緒に住んでいた祖父に「できる限り取らずに過ごすように」と命じられて渡されたものだった。母親も、やはり同じものを掛けていた。

「……別にいいだろ。気に入ってるんだよ」

「へぇ～」

「それより、早く風呂に行かなくていいのか？　今日、平日だぞ」

時計は、七時を指している。

「十時までに行けばいいから大丈夫。幸成くんは、大学？　三年生だっけ」

単位は二年間でほとんど取ってしまい、キャンパスに足を運ぶのは一週間に一、二度だけだ。

今日も部屋を出る予定はないが、女に長居されないように頷《うなず》いておく。しかし、女は急ぐ様子もなく「子供はいいなぁ」とぼやいた。

「子供って、……俺、もう二十一なんだけど」

「もう、じゃなくて、まだ、よ。私の方が六つも年上なんだから、発言には気を付けてよね」

女が頰《ほお》を膨らませる。艶《なまめ》かしい下着姿に幼い表情が扇情《せんじょう》的だった。

「このご時世、二十一歳なんて子供よ。大学生ならなおさら」

「そりゃ、悪かったな」

幸成が肩を竦《すく》めると、女はすぐに笑顔になった。綺麗《きれい》な上に、気のいい女だ。

「それじゃ、お風呂借りよーっと」

白く細い足がベッドから降りる。

散乱した服を選《よ》り分けて拾う女の姿を眺めながら、幸成はサイドテーブルに残されていた煙草の箱とライターを手にした。煙草を一本取り出して火を点《つ》けると、屈《かが》んでいた女がこちらを見上げる。

「昨日バーで声掛けた時から思ってたんだけど、煙草もお酒も、あんまり似合わないよね」

「子供だから？」

皮肉を含ませた煙を吐き出す。

「うーん。そういうんじゃなくて、育ちのいい人間が無理してる感があるっていうか、お酒も煙草もそんなに美味《おい》しそうじゃなかったっていうか。いつから始めたの？」

「大学入ってから」

ああ、と女は頷く。

「お母さんが亡くなった頃だ？」

舌打ちしかけ、寸でのところでなんとか飲み込む。

酔いに任せて、余計な話をしてしまったようだ。今まで知らない女と夜を共にしても、母親の話などしたことはなかったはずなのに。女の気安い雰囲気に、口を滑らせたのだろうか。

「いつも、あんなに飲むの？　私が声かけた時はもう結構酔っ払ってたよね」

「……昨日は、特に気分が悪かったんだよ」

「嫌なことがあったんだ？」

それ以上、答えたくはない。

むすっと黙りこんだ幸成を気にすることもなく、女は幸成と自分の服を選り分け終えた。

「あ、なにか着るもの貸してもらえる？」

「……着るもの？」

「覚えてないの？」

丁寧にネイルの施された指先が、ピンクのブラウスを持ち上げる。

「昨日、幸成くんが指引っ掛けちゃったんだよ」

上から二番目のボタンが、細い糸一本残して垂《た》れ下がっていた。

「このブラウス、結構ちゃんとしたとこのなんだからね」

「……悪い」

己の行いについての記憶は、さっぱりと抜け落ちている。気まずげに呟《つぶや》くと、女は数度瞬《またた》いてから噴き出した。

「いいよ。可愛《かわい》いから、許してあげる」

「……ちょっと待ってろよ」

幸成は煙草を咥《くわ》えたまま立ち上がり、ベッド横のクローゼットを開ける。

「うわ。ガラガラだねぇ」

後ろから覗き込んできた女が、呆れ声を上げた。

「それに、味気ない服ばっかり。大学生らしくオシャレしたりしないの？」

「金がないんだよ」

ついでに言えば、興味もない。

「幸成くんだったら、年上のお姉さんがいくらでも貢《みつ》いでくれるでしょ。あ、このシャツいい？」

細い腕が、ハンガーに掛かったYシャツを手にする。

「好きなの持ってけよ」

「ありがと。洗って返すから」

「いい。ブラウスの代わりにやるよ。着古しで悪いけど」

一晩ベッドを共にした女ともう一度会うくらいなら、シャツの一枚や二枚捨てたほうがマシだ。女は幸成の言葉の意図を正確に理解したらしく、微《かす》かに眉を顰めた。

「えー。一晩限りってやつなの？　私は、結構相性良かったと思うんだけどなぁ」

正直、覚えていない。応《おう》とも否《いな》とも言うことができず、幸成はベッドの上に放り出されたピンクのブラウスに視線を移した。

「さっきは不満そうだったけど」

「ちょっとぐらい拗《す》ねて見せた方が可愛いでしょ？　でも、ボタンなんて付ければいいし、お気に入りのブラウス一枚以上の価値はあったと思ってるよ？」

女は幸成から煙草を奪うと、さっと唇を合わせてきた。特に避けることはしないが、応じることもしない。小さな音を立てて、蠱惑《こわく》的な唇が離れる。

「つれないなぁ」

苦笑した女は攫《さら》った煙草を自分で咥え、部屋の隅にぽんと放置されていた鞄《かばん》を手にして屈み込む。背骨の浮き出ている背中を脇目に、幸成はベッドに戻った。箱から新たに煙草を取り出して咥える。火を点けたところに、女が歩み寄ってきた。

「これ私の連絡先。裏に番号書いておいたから」

胸元に押し付けられたのは名刺《めいし》だ。『小野原加奈《おのはらかな》』という名前の上には、有名な予備校の名前が印字されていた。

「これ、本物なのか？」

「当たり前でしょ！　これでも、真面目《まじめ》な講師なの」

「教育者が、学生《こども》に手を出したわけか。立派なセンセイだな」

片眉を上げ、唇を歪《ゆが》ませながら尋ねる。先ほどからいいように言われっぱなしになっている報復だ。皮肉交じりの冗談であることは分かっていただろうに、小野原は真面目な顔になった。

「私ね、それほど男に不自由してないんだよね」

「……だろうな」

文句なしに、美人の部類だ。

「だから、初対面の人と寝たのは昨日が初めてなの。年下相手も、初めて」

嘘《うそ》だろうか、真実だろうか。前者であればいい女なのだろうが、後者であれば賢いとは言いがたい。

黙って煙草を燻《くゆ》らせていると、小野原が小首を傾げた。

「どうしてって訊《き》いてくれないの？」

「どうして」

まるで興味のなさそうな口調の問いに、それでも小野原は満足げに頷く。

「好みの顔した可愛い男の子が、ものすごく追い詰められた顔してたから」

小野原は先ほど幸成から奪った、まだ充分に長さの残る煙草を灰皿に押し付けた。女性らしくふっくらとした唇が、緩やかに弧を描く。

「慰められるもんなら慰めてあげたいと思っちゃったんだよね。だからさ、昨日みたいに一人寝が嫌な夜は、私を呼んでくれていいよ」

「……俺が、そう言ったのか」

一人寝が嫌だと。だとしたら、情けない話だ。

「言ってないけど、そうなのかなって思って。寝てる間、かなり魘《うな》されてたよ」

隣で魘されていたのでは満足に眠ることなどできなかっただろうに、小野原が不満を漏らす様子は微塵《みじん》もない。

「……悪い」

「妙に色っぽくて、目の保養になったし」

小さなキスが額《ひたい》に落ちる。まるで、母親が小さな子を宥《なだ》めるかのようなキスだった。

「じゃあ、お風呂借りるね」

小野原はウィンクひとつを残し、バスルームに消える。少しすると、微かに水の流れる音が響いてきた。

幸成は、紫煙と共に溜息を吐き出す。

妙に鋭い女だ。あるいは、自分が露呈《ろてい》させすぎなのか。少し前までは、もっとまともに取り繕えていたはずなのに。それほど追い詰められているということだろうか。

じっと、部屋の隅を見つめる。

——恨めしい。

夢で聞いた声が脳裏《のうり》に蘇《よみがえ》る。地を這《は》うような声音《こわね》。何度聞いても、背筋が凍る。

この世に山と存在する人ならざる者。それらは、普通に生活していれば係わり合いになることはない。時おり、悪戯《いたずら》をしかけてくる程度だ。けれど、あの不気味な影は違う。

影は、幸成にぴたりと張り付いて、他には目もくれずに幸成だけを付け狙っている。

初めは、シミと見紛《みまご》うような小さな靄《もや》だった。小さな靄は月日を経《へ》るにつれどんどんと肥大していった。靄が影になり、やがて人型を取り始めた頃から、幸成は奇妙な夢を見るようになった。

夢の中で、幸成はいつも追われている。最初の頃、影はずっと後ろの方にいた。到底追いつかれるとは思えないほど遠くに。しかし、夜を重ねるごとに影は迫ってきた。ほんの数メートルまでに迫られたのは、半年ほど前のことだ。二ヶ月前に手を取られるようになり、三週間前に足も捕らえられた。そして、今日はついに半分以上飲み込まれてしまった。

「……もう終わりか……」

ぼやくように呟きながら、灰皿で煙草の灰を落とす。

影の正体を、幸成は知っている。あれは怨念《おんねん》だ。

幸成が殺した人々の、恨みの塊《かたまり》。

同じモノに、母親も悩まされていた。いや、悩まされていたのだろうと、今になって分かる。

今の自分と同じように、夢に魘されている姿を見たことがあった。

母親は、三年前に自殺している。きっと、捕らわれてしまったのだ。あの、恨みの塊に。

いずれ、自分も同じ道を辿る。そしてその未来は、もう眼前で頭を擡《もた》げているのだろう。

二十一年。短い人生だが、仕方がない。因果応報とはこのことだ。

分かっているのに、怖いと、胸の奥底が訴えていた。

「……くそ」

煙草を持つ手が震えている。

なにか飲んで心を落ち着かせようと腰を浮かせた時、突《とつ》としてインターフォンの音が響いた。

時計を確認する。まだ八時前だった。こんな時間に尋ねてくる人間に、心当たりはない。

そもそも幸成は、プライベートにおける特定の人付き合いが皆無《かいむ》に等しい。大学には通っているが友人はおらず、誰かと知り合うことがあっても、刹那《せつな》的な付き合いに始終している。唯一、定期的に顔を合わせるのは、日笠《ひかさ》という五十がらみの男だけだ。

考えているうちに、もう一度インターフォンが鳴った。

幸成は煙草の先を潰《つぶ》し、小野原が自分の服と選り分け畳んでくれた薄手の黒いセーターを身に着ける。

無視してもいいが、万が一にでも日笠だったら面倒だ。

日笠は、それなりの知名度を持った政治家だ。ハト派の急先鋒《きゅうせんぽう》で、若くクリーンなイメージを武器に、老若男女《ろうにゃくなんにょ》隙なく支持を得ている。人好きのしそうな笑みと、優しげな語り口調。

それが薄皮一枚だけのものだと、一体どれほどの人々が知っているだろうか。

幸成は、衣食住のほぼ全てを日笠に負担してもらっている。大学の学費も日笠持ちだ。しかしそれは、日笠にとって善意ゆえの投資ではない。

幸成は時おり、日笠に呼び出される。そして命じられるままに仕事をする。

仕事。そう思わなければ、到底やっていられない。――人殺しなんて。

そう、ありていに言えば、殺し屋。それが幸成の仕事だ。言葉にするとあまりに突飛《とっぴ》で笑ってしまうが、笑えるような状況でないことは幸成自身が最もよく知っている。

ちょうど昨日の夕方にもひと仕事したところだ。仕事をした夜は、どうしても独りでいられない。その結果が、小野原を含めた数知れぬ行きずりの女たちだった。

再びインターフォンが鳴る。

「うるさいな。行くっての」

昨日の今日で、新たに依頼を持ってきたとは考えづらい。そもそも、日笠は幸成を呼びつけるばかりで、こちらに足を運ぶことなど皆無に等しい。しかし、それ以外に思い当たる節《ふし》もない。

舌打ちしながら、大股《おおまた》で廊下を進み、乱暴な仕草で玄関の扉を開ける。

しかし、そこに立っていたのは、

「……え？」

浮世離れした美しさを持つ青年だった。

予想外の人間に、幸成は言葉を失う。

戸惑う幸成を前に、青年は嬉しげに瞳《ひとみ》を細めた。

「……幸成……！」

当然のように名前を呼ばれて、さらに戸惑う。

青年は、同年代か少し年上に見えた。目線の位置が幸成より十センチほど高く、穏やかそうな風采《ふうさい》をしている。目鼻立ちは日本人だが、肌や髪の色素が白人のように薄い。ブラウンの瞳が、日の光を受けてか一瞬だけ真っ赤に染まったように見えた。

くしゃりとした笑顔が、まるで無垢《むく》な子供のようだ。

「会いたかった！　会いたかったよ……っ！」

長い腕が伸びてきて、幸成の背に回る。幸成はあっけに取られたまま固まった。

「正直、不安だったんだ、俺。町を出て遠出するのなんて初めてだったし、道に迷ったらどうしていいか分からないし、駅は大きいし人は山ほどいるし」

青年は腹の中に溜め込んでいたものを全て吐き出すかのように言葉を続ける。

ぎゅうぎゅう締め付けてくる腕の力に我に返った幸成は、青年が羽織《はお》っているシャツの襟元《えりもと》を掴むと、強引に自分から引き剥《は》がした。ぐえ、と蛙《かえる》の潰れたような声がする。

「な、なにするんだよ」

飴玉《あめだま》のように綺麗な瞳に、涙が溜まる。

「それはこっちの台詞《せりふ》だ。誰だ、アンタは」

「あ、」

青年は長い睫毛《まつげ》を瞬かせ、居住まいを正した。

「そうか。そうだよね。……俺は、藤代焔《ほむら》。幸成の叔父《おじ》さんだよ」

「…………はぁ?」

幸成の素《す》っ頓狂《とんきょう》な声に、青年——焔は、至極真面目な顔で続けた。

「藤代敬三《けいぞう》を覚えてるよね?」

予想外の名前に、幸成は微かに眉を顰める。

「……知らないな」

焔は途端に怯《ひる》んだような顔になる。子供のような、分かりやすい反応だ。外見の美しさに、言動が全く見合っていない。

「ど、どうして嘘吐くんだよ」

確かに嘘だ。藤代敬三は、幸成の祖父だった。同じ屋根の下に住んでいたこともある。ただし、それも幸成が中学生に上がる直前までであり、もう九年も前の話になる。母親と共に祖父の家を出てから、縁は切れていた。

「俺は、敬三の養子なんだ」

「…………養子？」

幸成は思い切り眉間《みけん》に皺《しわ》を寄せる。焔は、今度は怯まなかった。

「そう。独りだった俺を、敬三が引き取ってくれた。だから俺は、幸成の叔父さんなんだよ」

養子。叔父。唐突過ぎて、話についていけない。

「一応、証拠も持って来たんだ」

焔は鞄から一枚の紙を取り出し、幸成に押し付けるようにして渡す。それは戸籍謄本《こせきとうほん》だった。

確かに、続柄の欄《らん》には『養子』と記されている。

もちろん親近感など覚えるはずもなかった。逆に、沸々《ふつふつ》と怒りが湧き上がってくる。

「ったく」

幸成は舌打ちしながら、一目見ただけの書類を焔の胸に押し付け返した。

「実の子や孫ともまともに暮らせなかった男が、笑わせてくれるな」

煙草を消してこなければよかった。脳が異様にニコチンを欲している。

「……で、その藤代敬三の養子が、なんの用だよ」

寝癖の残る頭をガリガリと掻きながら乱暴に尋ねる。一刻も早く目の前から消え失せてほしい。敬三の養子。考えるだけで、不快だ。

「敬三は、死んだよ」

「……へぇ?」

幸成は片眉を上げ、視線を焔へと戻した。

「いつ」

「半年前」

意外だった。幸成の知る敬三は、殺しても死なないような、老獪《ろうかい》で強《したた》かな男だった。幼い幸成にとっては畏怖《いふ》の対象であり、どんなに老いても死などとは程遠い存在に見えた。

その敬三が死んだのだと、焔は言う。表情も声音も真剣だった。現実味はないが、嘘ではないらしい。

「本当はもっと早くに来たかったんだけど、色んな手続きとか、幸成がいる場所を探してもらうのに時間かかって……。ごめんね」

謝ってもらうような義理はない。自分には関係のない話だ。

「そんなことを知らせに、わざわざこんな場所まで来たのか?」

焔がふるふると首を振る。

「……ああ」

幸成は冷ややかに口端を釣り上げた。

「財産の話か？」

藤代敬三は資産家だった。

藤代家は代々地主の家系であり、かつては広大な土地を保有していた。ところが、代が敬三に移ってからしばらくして、藤代家の名士としての地位は地に落ちた。敬三が保有していた土地のほとんどを売り払い、周囲との係わりを絶ってしまったのだ。親戚筋とは揉めに揉めたが、手切れ金とばかりに金銭を押し付け、誰になにを言われても沈黙を決めこんでいたらしい。

全部、口さがない同級生の母親や近隣住民から聞いた話であり、全てが真実かは分からない。しかし、ある程度の信憑性《しんぴょう》はある話だった。なにせ、幸成が生まれた頃はすでに、敬三は家に籠《こ》もって高等遊民のように優雅な生活をしていたし、周辺の住民からはあからさまに厄介な老人扱いをされていた。

「遺産なら全部そっちの好きにしたらいい。こっちはとっくに他人だと思ってたんだ。集《たか》りも強請《ゆす》りもしない」

「そういうことじゃなくて、俺は……っ」

突然、焔の瞳孔《どうこう》がまるで猫のようにぎゅるりと絞られた。かっと目を見開く。一瞬、幸成の言葉に激昂《げきこう》したかのようにも見えたが、そうではないようだ。焔の目は、幸成の後ろを見据《みす》えていた。

焔の異様な様子に、幸成も振り返る。

そこには誰も居なかった。

「……なんだ、いきなり?」

焔は答えず、まるで威嚇《いかく》するように廊下を睨《にら》みつけている。白い指が幸成の手をぎゅっと握った。

幸成は目を眇《すが》め、焔を観察するように見据える。

「……なにか、見えたか」

見えたとしたら、それは幸成を監視するあの影だ。

しかし、焔は戸惑いがちに首を振った。

「なんか、よくない感じがして」

勘が鋭いのか。そういう人間もいるのだということは、母親から聞いたことがある。敬三もそうだったらしい。本人からは、ついぞ確かめることはなかったが。

「気のせいだろ」

手を振り払おうとすると、焔はますます指に力を込めた。

「さっきっから、アンタはなんだって」

「俺は、君を迎えに来たんだよ」

うんざりした幸成の言葉を遮った声には、指と同じくらい力が込められていた。

「……は？」

「一緒に帰ろう、幸成」

真摯《しんし》な瞳がじっと見つめてくる。まるで嘆願《たんがん》しているようでもあった。

「帰るって、どこに」

「敬三の残してくれた家だよ。幸成が、子供の頃に住んでた家」

幸成は思いきり顔を顰《しか》める。

「俺が？　あの家に？」

「そう」

焔は真剣な顔で頷く。

「幸成とあの家で一緒に暮らすために、俺はここに来たんだよ。君と一緒に暮らしたいんだ。家族って、一緒に暮らすものだよね」

「……別に、そうとも限らないだろ」

それに書類上は繋《つな》がっているとしても、焔とは出会ったばかりの赤の他人だ。

「俺はこの部屋で暮らしてるんだ。ここに生活がある。じいさんのことなんてどうでもいいし、故郷を懐かしく思ったこともなければ、ましてや戻ろうなんて考えたこともない」

――これからは、二人で生きていくのよ。

敬三の家を出た日、母親はそう言った。実際、三年前までは二人で支え合って生きてきた。

そしてこの三年間は、幸成一人で。

「今さら帰ったところで、意味なんてないだろ」

「じゃあ、ここにいる意味は？」

「……えっ」

間髪容《かんはつい》れず投げかけられた問いに、幸成は息を飲んだ。

焔が語気を強める。

「幸成にとって、ここにいる意味ってなに？　ここには、なにがあるの？　生活ってどんな生活？」

矢継《やつ》ぎ早《ばや》に飛ばされる問いは、幸成の胸を抉《えぐ》る。言葉が喉に詰まったまま出てこない。

ここに、なにがあるのか。

三年前までなら、母がいると言えた。けれど、今、幸成の生活は空《から》っぽだ。意味の感じられない学生という立場。時おりする、気の進まない仕事。ひどい現実と夢に挟まれ魘されては酒に溺《おぼ》れ女に逃げる、ゴミのような毎日。

この生活には、なにもない。意味も、理由も。

焔はめげずに、両手で幸成の両腕を掴んだ。

「あの家に帰ってきてよ」

真摯な瞳と声が必死に訴える。

「あそこには、家がある。敬三が残してくれた家だよ。俺だっている。俺たち、唯一の家族なんだ」

どうしてこんなに懸命なのか。

まるで自分が必要だと言われているような錯覚を覚え、幸成は困惑する。

「アンタは俺のことなんてなにも知らないだろ」

「そんなことないよ。えっと、……幸成の話は敬三からよく聞いてたし、それに、敬三の孫なんだから」

そんなことが理由になるだろうか。理解できない。

「一緒に帰ろう。俺は幸成と一緒に暮らしたい」

悪いけどと、必死に言い募る焔の手をもう一度振り払おうとした時、

「すごい。プロポーズみたいね」

第三者の声が割って入った。

先ほどは誰もいなかった廊下に、小野原が立っていた。髪は微かに湿っているようだが、すでに身なりは整っており、鞄を手にしている。

ほっそりとした足がパンプスを引っ掛け、幸成の横に並んだ。

「幸成くん、同性にもモテる子だったんだね。意外だなぁ」

焔を眺めてから幸成に視線を戻し、小野原は悪戯な笑みを浮かべる。

「なに言ってるんだよ」

「だって君、幸成くんのことが好きなんだよね？」

「え？」

焔が瞳を瞬かせる。

「違うの？　さっき、一緒に住みたいとか迎えに来たとか、お伽話《とぎ》の王子様みたいなこと、言ってたじゃない」

小野原が幸成の肩に手を掛けて寄り掛かった。焔の眉間に皺が寄る。

「あなたは、誰ですか？　…………幸成の、……恋人？」

「君が来なかったら、そうなってたかもね」

明らかに冗談めいた口調だったが、焔の眉間の皺はさらに深くなった。小野原はますます面白そうに口の端を釣り上げ、呆気《あっけ》に取られている幸成に視線を移して小首を傾げる。

「ねぇねぇ。彼と行った方がいいよ」

「……いきなり割って入って、話をややこしくするなよ」

「でもさ、彼みたいな人に引っ張っててもらわないと、幸成くん、そのうち捕まっちゃうよ」

幸成は瞠目《どうもく》する。

——恨めしい。

「……捕まるって、なにに」

小野原は意味ありげに笑った。

「幸成くんを追い詰めてる、なにかに」

魘されている間に、なにか口にしたのだろうか。いやに確信めいた口調だ。それとも、彼女もまた、勘が鋭い類《たぐい》の人間なのだろうか。

「もう会えないのは残念だけど、ここにいるより絶対にいいよ。彼、すごく幸成くんのことが好きみたいだし、嘘ついてる感じもないし」

小野原はすっと踵《かかと》を浮かせて、幸成の唇に自分の唇を重ねた。「あ」と声を上げたのは焔だ。起きぬけのキスとは違い、ぬるりとした口紅の感触がする。

「じゃあね。バイバイ」

もう一度会いたいと言った口が、あっさりと別れの言葉を告げる。小野原は笑ったまま手を振り、焔の横を擦りぬけるようにして、部屋から出て行ってしまった。

玄関には、呆気に取られた男二人が残されている。

先に我に返ったのは焔だ。片手は幸成の腕を掴んだまま、片手の袖《そで》で幸成の唇を擦る。

「……っ、なんだよ」

幸成が手を払う。焔のシャツの袖が、ほんのりとピンク色に染まっていた。

「今の人、なに？　本当に、恋人じゃない？」

怒っているというより、落ち込んでいるような声音だ。表情にも、戸惑いが残っている。

「違う」

「恋人じゃなくても、キスってするもの？」

「……さぁ。時と場合によるんじゃないか」

「じゃあ、俺が幸成にしてもいいの？」

「はぁ？」

まるで、浮気を責められているような居心地《いごこち》の悪さだった。なぜ自分が責められなければならないのかと不満混じりに困惑していると、今度は携帯電話の無機質な呼び出し音が部屋の方から響いてくる。

本当に、なんて慌ただしい朝なのだろうか。

けたたましい呼び出し音の相手は分かっている。今度こそ日笠だろう。幸成の携帯電話に登録されている番号は他になく、そして登録外の番号は着信拒否にしてあるのだから。

脳裏に昨夜の夢が蘇る。

捕らえられ、巻き込まれ、最期だとばかりに視界が覆われた。時間は、もうほとんど残っていないのだろう。一週間、三日、それとも、明日だろうか。

「……分かった」

気が付くと、短く呟いていた。

「え？」

焔が虚を衝《つ》かれたように瞳を瞬かせる。

「そんなに言うなら、行ってやるよじいさんの家に」

鳴り続ける携帯電話を無視して、スニーカーに足を突っ込む。

自分でもよく分からない衝動に突き動かされていた。自棄《やけ》になっているのかもしれない。

出会ったばかりの男が一緒に暮らしたいと言う。一晩ベッドを共にしただけの女が、彼と一緒に行けと言う。そして、二人分の言葉に逆らうだけの気力も理由も、幸成にはなかった。今の倦《う》んだ生活への執着もない。むしろ逃げ出したいと思っていたのだ、ずっと。無様でも逃げられるところまで。

手を差し伸べてくれる相手がいるのなら、握ってみるのも一興だ。どうせ、そう長くはない時間なのだから。

意味を理解した焔の顔がぱぁっと明るくなる。こうも素直に感情を表に出す成人男性は珍しいのではないだろうか。無駄に顔が整っているせいか、あざとさやいやらしさは感じないが、少し奇妙だ。

「行こう！」

焔は掴んだままだった幸成の腕を引っ張り、玄関の扉を開ける。けれど、すぐに気が付いたような顔で振り返った。

「あ、でも支度は？　荷物とか、あるよね」

「ない」

ポケットには、大学の入学祝に母親が贈ってくれた財布が入っている。これだけで充分だ。

「ここには、なにもないんだ」

静かな幸成の言葉に、焔は少し悲しげに眉を寄せた。しかし、気を取り直したように表情をきっと改めて頷く。

「大丈夫だよ。今日からは、俺がいるから」

色素の薄い目は、まるで使命に燃えるようだった。そのまま、玄関を出て歩き出す。

「そうかよ」

幸成はぐいぐいと己を引く焔に付いていく。こんな風に手を引かれるのは、母親に連れられて敬三の家を出た時以来だ。

玄関の扉が閉まる。呼び出し音は、聞こえなくなった。

2

片道四時間弱の道のり。昔はもっと長い時間を掛けて移動していたような気がするのに、記憶に残っているよりずっとずっと、故郷は近かった。

無人駅に降り立ち駅舎の外に出ると、太陽がちょうど真上にあった。まだほんの微かに夏の気配を残す日差しは、都心よりずっと優しい。

県境にある豪雪地帯に近いこの町は、冬になると雪に沈む。あと三ヶ月もすれば、一面真っ白になるだろう。

カァ、と大きな鳴き声に釣られて空を仰ぎ見る。電柱に、一羽の鴉《からす》が止まっていた。

「でっかい鴉だな」

焔が眉根《まゆね》を寄せる。

「……気をつけて」

「鴉に？」

「そう。ほら、鴉って狡賢《ずるがしこ》いし、人間を狙ったりするから」

再び鴉がカァと鳴いた。いやに響き渡る鳴き声で、まるでこちらを嘲笑っているようでもあった。

「行こう」

焔が鴉からふいと視線を逸《そ》らして歩き始める。幸成も後に続いた。

小さな病院を横切って寂れた商店街を通り過ぎると、ぽつぽつと民家が続く。道は田舎《いなか》らしく入り組んでいるものの、どの景色もうっすらと覚えている。通学路だった道、同級生たちがたむろしていた空《あ》き地、母親と一緒に散歩した川沿い。

十五分ほど歩いたところで、門扉の立派な日本家屋が見えた。門の横にはしなった松の木がそびえ、玄関までは石畳が続いている。玄関から奥に見える庭も、派手さは皆無だがきちんと手入れされていた。

「ここに、アンタ一人で住んでるのか」

「そうだよ」

「ちゃんと、きれいにしてるんだな」

「敬三が残してくれた家だからね」

応《こた》えながら焔が玄関の鍵《かぎ》を開ける。広めに設計された玄関口の正面には『則天去私《そくてんきょし》』としたためられた掛け軸が掛けられていた。署名も印もない。おそらく、敬三の書だろう。強面《こわもて》で無口だった老人の、数少ない趣味が水墨画と書だった。部屋に籠もって筆を手にしている場面を、幾度となく見たことがある。

「俺は、敬三の部屋を使わせてもらってるんだ。幸成が使ってた部屋がそのまま残ってるから、幸成はそこを使って」

「分かった」

掛け軸の左には、廊下が続いている。

昔、確かにここに住んでいたというのに、懐かしさはあまり感じない。駅前に降り立った時や、ここに来るまでの道のりの方がずっと、古い記憶が刺激された。

「あのさ」

焔が振り返る。

「なんだ」

「抱き締めていい？」

「……は？」

幸成は焔を凝視した。

いきなり、なにを言い出すのか。先ほども、出会い頭に突然抱き締められた。抱きつき癖でもあるのだろうか。

焔の視線がふよふよと泳ぐ。

「や。えっと、変な意味じゃなくてさ、なんか、そういう感じかなって」

「なにがどう、そういう感じなんだよ」

「えーっと。ほら、おかえりなさい、みたいなさ」

泳いでいた視線が、恐る恐る幸成のところへと帰ってきた。

「だ、駄目かな？　なんか、そういうの、ちょっと憧《あこが》れてて」

「憧れ、ねぇ」

敬三の養子になるまで一人だったと言っていた。家族の触れ合いというものに、飢えているのかもしれない。あの敬三が、「おかえりなさい」と言って焔を抱き締めたとは到底考えられないし、逆を許したりもしなかっただろう。

「好きにしろよ」

幸成は肩を竦める。焔の表情がぱっと晴れた。

「ありがとう！」

言うや否や、二本の腕が幸成の身体をぎゅっと抱き締めた。

「おかえりなさい」

肩口に顔を埋めて、焔が呟く。

「……ああ」

ふいに、この家で暮らしていた時の記憶が幸成の脳裏を過《よぎ》った。途端、家を見たときには感じなかった懐かしさが胸を締め付ける。

よく、この場で同じように抱き締められていた。ただいまと玄関を開けると、奥から必ず駆けつけてくれた母親に。

――おかえりなさい。

さすがに思春期を迎えると恥ずかしくなり、やめてくれるように頼んだが、それまではずっと優しい両手が幸成を迎えてくれたものだった。

「……ただいま」

帰ってきたのだと、唐突に感じた。

焦《こ》がれたことなど一度もなかった故郷に、けれど幸成はこの瞬間、不思議なほどの安堵《あんど》を覚えていた。

かつて自室として使っていた八畳の和室は、ほとんど当時のままだった。

学習机には菓子類のおまけだったシールが貼られており、押入れの柱には身長を測った痕《あと》が残っていた。一番上の線の横に、マジックで『134・幸成・12才』と書かれている。母親の字だ。

小学校の頃、幸成はクラスでもっとも小柄だった。その上、同級生達との関係は良好なものではなく、毎日のようにからかわれ、苛《いじ》められていた。よく泣いて帰ったものだ。母親は優しく迎えてくれたが、敬三は不機嫌な顔をしていた。睨みつけるような視線は自分を侮蔑《ぶべつ》しているようで、幸成はいつも小さな身体をさらに縮ませていた。

それが、九年の間に四十センチ近くも伸びた。ここに敬三がいたら、あれほど恐ろしく大きく見えたあの老人を上から見下ろすこともできただろう。

小さく唇を歪め、ベッドに腰掛ける。僅《わず》かに軋《きし》んだが充分使えそうだ。そのまま後ろに倒れこむと、太陽の匂いに包まれた。どうやらシーツは洗ったばかりのようだ。

柔らかな感触に安堵したのか、どっと身体が重くなる。同時に、目が霞《かす》む。目を瞑《つむ》って眼鏡を外し、目頭を押さえた。

ほんの数時間前まで幸成は都会の片隅にある小汚いアパートの一室に出会ったばかりの女と一緒にいた。それが、今は数百キロも離れた場所にある、かつて暮らした家で寝そべっている。

不思議な気分だ。

幸成が母親に連れられて故郷を離れたのは、小学校を卒業してすぐのことだった。

その日は、朝から小雨が降っていた。母親は片手に小さなボストンバッグを一つ持ち、反対の手で幸成の手をぎゅっと握っていた。繋がった手から、母の緊張を感じ取った幸成は、半分泣きかけていた。

——じゃあ、行くから。

居間で新聞を読んでいた敬三は、己の娘がかけた別れの言葉に返事どころか振り返りもしなかった。岩のような背中が、幸成の記憶に残る最後の敬三だ。最後に幸成もなにか声をかけたはずだが、なんと言ったのかもう覚えていない。

二度と会うことはないと思っていた。そしてそれは現実になった。まさか、彼の養子だと名乗る人間が現れることなど、どうして想像できただろう。

ふいに、ガタガタとベッドが揺れた。幸成は慌てることもなく身を起こす。同時に、ベッドの下から小さな生き物が飛び出した。掌《てのひら》ほどの大きさで、全身が赤い。人間と同じような四肢《しし》を持っているが、一瞬見えた顔は爬虫類《はちゅうるい》のようだった。

たたた、と掛けていったその小さな赤い生き物は、けれど部屋の隅に辿り着く前に、ぎくりと固まった。

部屋の隅には件《くだん》の影がぼうっと立っている。赤い背中は、まるで蛇に睨まれた蛙のように動かない。対して影は、じっと幸成の方を見つめている。見つめているといっても、そこにあるのは目ではなく、ただの空洞だ。それでも、意識がこちらに向かっていることは痛いほど伝わってくる。手前の生き物には一切興味がないようだ。

やがて、廊下をバタバタと掛けて来る足音がした。障子に、人影が映る。

「幸成、開けていい？」

「ああ」

「すごい音がしたけど、大丈夫だった？」

「なんともない。……なんだ、その格好」

掛けなおした眼鏡のレンズに映った焔は、黒いエプロンをしていた。手も濡れている。拭わずに駆けつけたのだろう。指先からぽたぽたと水が廊下に滴っていた。

「あ、ごめん。ちょうど夕飯の準備始めたところだったから」

慌てて手をエプロンで拭う動作は、まるで主婦そのものだ。顔の整った青年と、家庭的な雰囲気。あまりのちぐはぐさに、幸成はぽかんと口を開ける。

「今日は、煮込みハンバーグだよ。幸成、幸恵《ゆきえ》さんのハンバーグ大好きだったよね」

反応できずにいるうちに、焔は嬉しそうに続けた。

「俺、すごい練習したんだ。少しでも幸恵さんの味に近づけるように。敬三にも、何回も食べてもらったから、味は保証できるよ」

「……アンタ、なんでそんなことを知ってるんだ」

母親の名前も、自分の好きだった食べ物も。

焔は、途端に気まずげな顔になった。

「えっと、……敬三が、そう言ってたから」

「じいさんが？」

記憶に残る敬三と、焔の語る敬三がうまく結びつかない。幸成の知る敬三は、孫がどんなものを好みどんなものを喜ぶかなど、全く興味がなさそうだった。

幸成は黙り込んだまま立ち上がる。

「どこ行くの」

焔の横を抜けて玄関に向かうと、焔は焦《あせ》ったように追いかけてきた。

「煙草、買いに」

「俺も行くよ」

足に靴を引っ掛け、幸成は訝《いぶか》しげな顔で振り返る。

「なんで？」

駅からの帰り道に煙草屋も自動販売機もあった。わざわざ案内してもらう必要はない。

「もう日も暮れかけてるから」

「ガキかよ」

　でも、と焔は食い下がりながらスニーカーに足を突っ込む。本当についてくるつもりのようだ。

「飯、作ってるんだろ」

「あとは煮込むだけだし」

「じゃあ煮込んでればいいだろ。すぐ帰って来る」

　付いて来るなという意味を込め、幸成は焔の鼻先でぴしゃりと玄関を閉めた。もしかしたらこちらの意図を汲《く》まずにしつこく付いて来るかもしれないと思ったが、さすがにそれ以上追いかけてくる気配はなかった。

　沈みかけの太陽が、山々を赤く照らしている。ランドセルを背負《せお》った子供たちが、笑いながら土手を駆けて行った。幸成も昔は同じようにランドセルを背負い、この道を辿って帰った。逢魔《おうま》が時。あるいは黄昏時《たそがれ》。

　この時間は、アヤカシ達が活発になり始める。気をつけなきゃ駄目よと、母親に何度言い聞かせられたことか。

　もう都会ではとっくに見なくなった煙草屋で適当な銘柄を一箱購入し、夕日の沈む方向に向かってゆっくりと歩みを進める。途中、階段の上に立派な鳥居のそびえる神社の前を通りかかった。鳥居の上には、駅前で見たような大きな鴉が止まっていた。もしかして、ただの鴉ではないのかもしれない。軽い気持ちでそんな風に考え、すぐに打ち消す。余計なことは、考えない方がいい。

足早に神社の前を通り過ぎる。

川辺を歩き続けると、やがて墓地が見えてきた。この辺りの人間は、大抵この墓地に代々の墓を持っている。藤代家も例外ではない。幼い頃の記憶を頼りに、墓地の中を進んでいく。

墓地の裏手は山になっており、山道の入り口には立ち入り禁止の立札が立てられていた。もし、幸成が住んでいた頃と変わっていないのであれば、その山は藤代家の持ち物だ。ほとんどの土地を売り払った敬三が、唯一手元に残しておいた土地だった。大して特徴もなければそれほど大きくもない山で、敬三がどうしてこの山だけは例外として売り払わなかったのか、全く分からない。わざわざ残しておいたにも拘《かか》わらず、敬三は他人だけでなく、娘である幸恵や幸成にも立ち入るなと厳しく言いつけ、さらには自身が山に分け入ることもなかった。

子供の頃、幸成にとって敬三の言いつけは絶対であり、疑問を差し挟む余地はなかった。今は、なぜだろうと疑問に思っても、答えてくれる相手がいない。

『藤代家之墓』と記された周囲のものより一回り大きい墓石は、いっとう奥まった場所にあった。綺麗に掃除されているが、供え物はない。

墓参りをしようなどと殊勝《しゅしょう》なことを考えたわけではない。敬三のせいで、母親と自分は見知らぬ土地でずいぶんと苦労した。恨み言のひとつでも言わなければ気がすまなかった。

けれど、墓石に刻まれた名前を追っていったところで、幸成は眉根を顰めることになった。

顔も知らぬ先祖達の名が連《つら》なった先に、敬三の名前はない。

代々の墓に入らなかったのか。敬三らしいといえば、らしい。

どうやら自分は恨み言のひとつも聞いてもらえないようだ。

「……あの偏屈《へんくつ》ジジイ」

「まぁ、……すぐ会えるか。どうせ、じいさんも俺も地獄行きだ」

死後の世界というものが存在すればの話だが、この世にアヤカシなんてものがいるのだから天国や地獄があったって不思議ではない。そして、行き着く先がその二箇所のどちらかならば、敬三がいるのも自分が行くのも確実に後者だ。

とんだ無駄足だった。苛《いら》立ち紛れに買ったばかりの煙草を咥える。火をつけようとしたその時、にゃあ、とか細い声がした。

藤代家の大きな墓石の向こうから、ひょこりと一匹の猫が顔を出す。白い毛並みに、赤い瞳。幸成は思わず息を飲んだ。よく知る姿に、似ていたのだ。

猫は赤い瞳でじっとこちらを見つめ、もう一度、にゃあ、と鳴いた。

「来いよ」

幸成は煙草をしまい、腰を落として屈みこむ。手を差し出すと同時に、猫はたたた、と駆け寄ってきて差し出された手に甘えるように頭を擦り付けた。

「……お前、ヒボエによく似てるな」

にゃあ、と応えるようにまた猫が鳴く。

ヒボエというのは、幸成の通学路周辺を縄張りとしていた野良猫《のらねこ》だ。人間に飼われている様子はないのに、真っ白な毛並みはいつもきれいで、燃えるような赤い目をしていた。あんな瞳は、他に見たことがなかった。

ある日をきっかけに勝手にヒボエと名づけたが、ヒボエも幸成を嫌がる様子はなく、よく懐いた。そのうち藤代家の周辺にも現れるようになり、母親と一緒に餌《えさ》を与えたり遊んだりしたものだった。敬三は嫌そうに顔を顰めていたが、なにも言うことはなかった。

「本当にそっくりだな」

猫を撫でながら呟く。

仕草も声音も毛並みもそっくりだ。けれど、あれから九年経《た》っている。出会った時すでに成猫だったヒボエが生きているとは思いがたい。ただでさえ、野良猫の寿命は短いのだから。たとえ生きていたとしても、こんなに若々しいわけがない。

猫はしばらく幸成の手に甘えていたが、やがてひょいと頭を起こして身を翻《ひるがえ》した。小走りでほんの数メートルほど駆けてから、振り返る。赤い瞳が、まるで付いて来いと言っているように見えて、幸成は無意識に立ち上がる。二歩、三歩とこちらが歩き出したのを確認して、猫は再び歩き出した。

夕日に照らされて、小さな猫と幸成の影が重なる。

「……おい、そっちは」

猫が幸成を先導してやってきたのは、立入禁止の立札が立てられた、件の山の入り口だった。あと数十分もすれば、完全に日が沈む。それほど大きな山でないとはいえ、日が暮れてしまえば迷うこともあるだろう。明かりにできそうな物は、煙草と共に買ったライターだけだ。

躊躇《ちゅうちょ》した幸成を鼓舞《こぶ》するように、猫が鳴いた。すると、なぜか自然と足が動いた。どんどんと山道を進んでいく猫に引っ張られるような気持ちで付いていく。

やがて、少し開けた土地にでた。山頂へと続く道の脇に、小さな墓石が一つ建っている。墓石には、『藤代敬三』と刻まれていた。

「……なんでこんな場所に」

幸成はただ唖然《あぜん》とする。山中にぽつんと存在する簡素な墓。いかにも敬三らしいと言えなくもない。

案内役を終えた白猫は、ちょこんと墓石の横に腰を下ろした。ほとんど暗くなった空を、鳥の群れが飛んでいく。

「……俺さ、アンタに言いたいことが山ほどあるんだ」

幸成は墓石に近づく。腰を下ろすことはせずに、藤代敬三の名前を見下ろした。

「家を出た日、母さんは言ったんだ。もうアンタは他人だって。それから死ぬまで、名前を出すこともなかった」

幸成が物心ついた頃から、母親と敬三の仲は良好とは言い難《がた》いものだった。会話は最低限で、ただ同じ家に住んでいるだけの他人のような距離感だった。どうして二人の仲が拗《こじ》れてしまったのか、幸成は知らない。尋ねることさえできなかった。

「母さんは、随分苦労したんだ」

都会に越して、母親が最初に選んだのは夜の仕事だった。母子二人の暮らしは決して楽ではなく、中学に通う幸成と夜働く母親は擦れ違いの生活だったが、それでもお互いに支えあって生きていた。将来は母親を楽にしようと幸成は勉強に打ち込み、そんな息子を母親は誇りだと言ってくれた。

慎ましくも幸せな生活が崩れ出したのは、母親が日笠に出会ってからだ。上客だったらしい日笠は、個人的に母親とやり取りするようになり、やがて母親は日笠の許《もと》で仕事をするからと夜の仕事をやめた。

それから徐々に、本当に少しずつ、母親からは笑みが失われていった。どんなに心配してもなにも教えてくれず、ついに、幸成を一人残して死んでしまった。

「じいさん、アンタは、……葬式にさえ来なかったな」

知らせの電報は打ったのだ。母親と敬三の亀裂《きれつ》は承知していた。だからこそ、知らせたかった。己の娘の死を前に、後悔してほしかった。泣いて、懺悔《ざんげ》してほしかった。

しかし、敬三からは悔やみ状ひとつ届かなかった。

ぎゅっと拳《こぶし》を握る。

「アンタ、なんなんだよ」

怒りに声が震えた。

「赤の他人を養子にするくらいなら、実の娘のことをもう少し気に掛けてくれたってよかったんじゃないのか。俺達のことなんて、もうどうでもよかったのかよ」

するりと、足元に擦り寄る感触があった。寂しそうな鳴き声が幸成の鼓膜を震わせる。

「……なんだよ」

にゃあにゃあと猫は鳴き続ける。

「俺は別に、お前に怒ってるんじゃない」

それでも鳴き声は止まない。まるで、やめてくれと請《こ》うているようだ。

「……わかった。わかった、もう言わないから」

屈んで宥めるように尖《とが》った耳の後ろを撫でると、やっと切なげな声は静まった。

さわさわと風が木を揺らす。辺りは既に暗くなっていた。

「……帰るか」

焔が、今頃心配しているだろう。

焔。敬三が家族として選んだ青年。

妬《ねた》みも嫉《そね》みもない。もっと嫌な人間だったなら厭《いと》いもしただろうが、焔の澄み渡った真っ直ぐな瞳は、するりと心の内に入り込んできた。まるで、それが当たり前であるがのように、なんの違和感もなく。

道を下り始める。今度は猫が後ろから付いてきた。

いったいどこまで一緒に来るつもりだろうかと考えながら、来た道をゆっくりと戻る。墓地を出て、山を下り、暗くなった道を家に向かって歩き始めても、猫は一定の距離を保って追ってくる。

今日から住処《すみか》となった平屋の日本家屋が見えたところで、幸成は振り返った。

「お前、こんな場所まで来て大丈夫なのか」

猫は縄張りの中で行動する生き物だ。出会った墓の辺りが縄張りならば、この辺りはこの猫にとって外国のようなものなのではないだろうか。

「帰れるのか」

答えはない。猫はちょこんと座り込んで、じっと幸成を見つめている。幸成は僅かに躊躇《ためら》ってから、そっと腰を屈めて手を伸ばした。

「……うちに来るか」

いつかのヒボエのように。

ヒボエは、幸成の友達だった。唯一の、と頭に付けても過言ではない。同級生達に苛められて泣いてばかりだった幸成にとって、ヒボエは誰よりも大切な友達だった。

けれど、猫はそっと身体を起こして、幸成に背を向けた。ゆっくりと離れていき、やがて暗がりの中に紛れ込んで消えてしまう。

幸成はふっと嘆息して立ち上がる。

「まぁ、その方がいいよな」

懐かれて連れて帰ったところで、どうせ長いこと面倒は見られない。

諦《あきら》めて、家へと入る。靴を脱いでいる途中で、奥の方からぱたぱたと焔が駆けてきた。

「お帰り！」

ひどく嬉しそうな顔をして、幸成の背に抱き付いてくる。

「いちいち抱き付くなよ」

煩わし気に肘《ひじ》で焔の胸を押すと、焔は案外簡単に身を離した。ぞんざいな幸成の態度を責める様子は見せず、にこにこと笑っている。

「なんだ、そのニヤけ面」

今にも踊り出しそうなほどだ。

「だって、幸成が変わらないから」

「……はぁ？」

訝しげにしても、焔の笑顔は崩れない。

「今から、ハンバーグ煮込むね」

わざわざ待っていたらしい。台所に戻っていく後ろ姿はずっと、上機嫌なままだった。

焔手製のハンバーグは、豪語《ごうご》していただけあって確かに懐かしい味がした。もうとっくに子供向けの味など好みではなくなっていたが、それでも「美味しかった」と言ってしまったのは、焔が期待の詰まった瞳で幸成の一挙手一投足《いっきょしゅいっとうそく》を見守っていたからだ。焔は、心底幸せそうだった。

その夜、おかしな夢をみた。大きな白猫が唸《うな》り声を上げて、影の喉元に食らいついている夢だ。

猫は、ヒボエにそっくりだった。

二章

1

生まれた時は、ごくごく普通の猫だった。温かい家に優しい飼い主。母猫も兄弟たちもいて、幸せだった。もうとっくに忘れてしまったが、名前だって付けてもらったのだ。

当たり前のように餌が与えられ、なんの危険もない寝床があった。けれどそんな平穏な生活は、ある日突然、終わりを告げた。

親や兄弟と一緒に突然段ボールに詰め込まれ、路上に置いてけぼりにされたのだ。

なにか理由があったのだろうし、注意深く飼い主の動向を気にしていれば予兆《よちょう》はあったのかもしれないが、その時はまるで意味が分からなかった。青天《せいてん》の霹靂《へきれき》だ。

その日から、野良として生きることになった。

野良の生活は厳しかった。人間に甘やかされて育った猫にとって、予告なく放り出された外の世界はまるで魔境だった。真っ白だった毛はみるみると薄汚れていった。

兄弟たちが一匹減り、二匹減り、ほんの数年の間に、家族は母猫と自分だけになった。その母猫もついには、車に撥《は》ね飛ばされて物言わぬ肉の塊となり、肉塊はやがて鴉の餌となった。

独りは寂しくつらかった。しかし、心は徐々に麻痺《まひ》していき、次第に孤独は当たり前になった。

人間は、大嫌いだった。食べ物を求めて入った家では中年女に箒《ほうき》で追い回され、道を歩けば汚い猫だと子供に石を投げられた。時おり優しい声を掛けてくれる者もいたが、信用できず威嚇しているうちに諦めて去っていった。

ひとりぼっちで、果たしてどれくらい生きただろう。指折り数えることなどしなかったから、分からない。やがて命の尽きる時が来た。薄れいく意識の中で感じたのは、悔しさだ。自分を捨て家族を殺し痛みばかりを押し付けてきた人間たちに報復できなかったことが、悔しくて悔しくて仕方がなかった。乾ききった心が憎しみに燃えて熱かった。

頭上には鴉が飛んでいた。母猫の時のように、死肉を狙っているのだろう。冷たい地面に身体の体温を奪われ続け、やがて意識が途絶えた。そうして孤独な猫は誰に知られることもなくひっそりと土に返っていく、――はずだった。

目が覚めた。

未《いま》だかつて感じたことのないほど、身体が軽かった。そして、眼前にはぐったりと倒れ、生気を失った猫の身体があった。それは、車に轢《ひ》かれた母猫と全く同じ、ただの肉塊だった。けれど母猫の時とは違い、肉塊は鴉に食い荒らされるのを待たずして、さらさらと砂のように消えてしまった。

呆然《ぼうぜん》としていると、頭上から声が降ってきた。

『化《ば》けたか』

声は、頭上を旋回していた鴉のものだった。今まで鴉といえば遠い上空から馬鹿《ばか》にするようにカァカァとうるさいだけの存在だったのに、なぜか言葉が理解できた。

『化けた？』

『よかったな、化け猫。これからは好きなだけ人間に復讐できるぞ』

化け猫。そうか、自分は、化け猫になったのか。

妙に冷静だった。本能が、自分の存在について理解していた。

『化かすも脅すもいい。食い殺すことだってできる。人間を食い殺せば、その分だけ力もつく』

『……へぇ』

気の抜けた返事に、鴉は少し肩透かしを食らったようだった。

『恨んでるんだろ？　嬉しくないのか』

人間は大嫌いだ。見返してやりたいとずっと思っていた。けれど、殺してやりたいとまで考えたことはない。そこまで具体的に復讐方法を思い描いていたわけではなかった。

そう言うと、鴉は呆れ返った。

『……お前、馬鹿だなぁ』

むっとして、鴉を睨《ね》めつける。

『そんなことをゆっくり考える余裕はなかったんだよ。それより、君はなに？　俺と同じような、……化け鴉？』

『お前みたいに低級なアヤカシと一緒にするんじゃねぇよ。俺は土地神の眷属《けんぞく》だ』

『ケンゾクって、なに』

『従属する者のことだ』

ふぅん、とお座《ざ》なりな相槌《あいづち》を打ちながらも、心の奥底には羨《うらや》む気持ちが湧いていた。誰かに従い属しているということはつまり、繋がっているということだ。孤独でないということだ。

『どうやって神様の眷属になったの』

『なった、んじゃない。俺は生まれた時からそうだったんだ』

『それって、すごいことなのか？』

『お前なんかと比べるのも馬鹿らしいくらいな』

鴉は心底馬鹿にするように言い切った。その理由は後で嫌というほど理解することとなる。

アヤカシの世界は混沌《こんとん》としており、ほとんど干渉し合うことがない。そんな中でも、ぼんやりとヒエラルキーが存在する。単純に、長く生きているアヤカシは偉い。生きている時間は、ほとんどの場合、力の大きさに比例するからだ。また、生まれながらにしてアヤカシである者も偉い。彼らは最初からある程度の力を持っている上に、同属同士で独自のコミュニティを形成している。

元々ただの野良猫で人間に対する恨みだけでアヤカシとなったばかりの化け猫は、最も下等な者として扱われた。どこに行っても見下される、あるいは無視される。野良猫から化け猫に変わっても、孤独であることはなにも変わらなかった。

ただ、化け猫の身体は快適だった。人には見えないため、追い掛け回されたり暴言を吐かれたりすることがない。飢えも疲労も感じない。

化け猫になったばかりの頃は、毎日のように人の家に忍び込んで好き勝手に荒らして回った。かまいたちのように通りがかりに引っかいたり、枕元《まくらもと》で恐ろしげな鳴き声を立てたり、とにかく思いつく限りのことをした。みっともなくうろたえる人間の姿は滑稽《こっけい》で、愉快《ゆかい》だった。

けれど、そんな生活も長くは続かなかった。

飽きてしまったのだ。

驚き惑う人間を見て笑っても、楽しいのはその時だけで、一人になると途端に空《むな》しくなる。空っぽな心は、なにをしても満たされない。

そのうち、不安になった。アヤカシたちからは無視され、人間からは見えない。誰も自分を気にしない。時おり、気まぐれに鴉がやってきて頭上から一方的に馬鹿にしてくる。他者との係わりは、それだけだった。

孤独だった野良猫時代よりも、状況は悪くなっているのではないか。どうして化け猫なんかになってしまったのだろう。あのまま生を全《まっと》うしていたら、今頃は兄弟や母猫と面白おかしく暮らしていたかもしれないのに。

毎日そう考えるようになり、やがて普通の猫に化けて野良猫時代と同じ生活をするようになった。化け猫という本質は変わらなかったが、慣れた生活はほんの少しだけ心を慰めてくれた。人間に追い遣られたり声をかけられたりすることも、存在に気づかれないよりもずっと安心できた。

そうしてまた野良猫として何年か過ごし、そしてある冬の日、一人の少年と出会った。

その日は、朝から雪が降っていた。真っ白な雪は、けれど午後に入った頃から雨に変わり、白の絨毯《じゅうたん》に覆われたようだった地面は、灰色と茶色が混ざってぐちゃぐちゃになっていた。

雨風を凌《しの》げるような場所を探し歩いていると、バス停の待合室に辿り着いた。待合室と言っても、ただのあばら屋だ。三人掛けの長椅子《いす》があるだけで、入り口に扉はついておらず風が吹き込んでくる。それでも、屋根があるだけマシだった。

幸い、同じように雨宿りをする人間はいなかった。朝から雪が降っていたせいで、皆、傘を持っている。通りかかる人々はこちらに気が付くこともなく、足早に去っていった。

長椅子に伏せるようにして、雨音に耳を澄ませながら雨が止むのを待つ。しばらくすると、少年があばら屋の下に駆け込んできた。十歳ぐらいだろうか。小さな顔のサイズには合っていない大きな眼鏡を掛けて、黒いランドセルを背負っている。全身はびしょぬれだ。傘を手にしていたが、骨が折れ曲がっていて使い物にならないようだった。

ぱちりと、少年と目が合う。

――お前も、雨宿り？

問いには答えず、ふいと顔を逸らした。人間は嫌いだが、特に子供は大嫌いだ。無邪気に他者を傷つける。それが子供の特権だとばかりに当然の顔をして。

少年は無視されたことを気にする様子もなく、少し距離を取って長椅子に腰掛けた。壊れた傘を立てかけて、ランドセルを腹に抱える。中からハンカチを取り出して、濡れた眼鏡を拭いた。盗み見た横顔は、幼いながら整った造りをしていた。

――寒いなぁ。

眼鏡を掛けなおして、少年が話しかけてくる。

――お前、よくこの辺りにいるよね。この辺に住んでるの？

無視しても、少年はめげない。

――俺はね、藤代幸成。この道を十五分ぐらい歩いて行ったとこにある家に、おじいちゃんとお母さんと住んでるんだ。

うるさい。話しかけてくる声も、まとわり付く視線も煩わしい。これ以上話しかけてくるようなら、少し脅かしてやろうか。そう考えた時、

――おい、藤代だ！

数人の小学生が、あばら屋の中を覗き込んできた。

――こんなとこに逃げてたのか。

座っていた少年、幸成の身体が、ぴくりと竦み上がる。

——逃げ足だけは速いよな。

意地悪そうな顔でこちらを窺《うかが》う少年たちは三人組だった。中央に立っている少年がリーダー格なのだろう。一番体格がいい。額から左のこめかみにかけて傷があり、妙な威圧感を醸し出している。

——なぁ、藤代ぉ。

傷のある少年が持っていた傘で幸成のランドセルを突《つつ》いた。

——お前ん家、金持ちなんだろ？　ちょっとぐらいかっぱらって来れるだろ。

——……無理だよ。

——なにが無理なんだよ。

後ろに付き従っていた二人の少年も、倣《なら》うようにして傘で幸成のランドセルを小突《こづ》く。

——あんまり生意気言ってると、今度は傘じゃ済まないからな！

幸成はボロボロになった傘に視線を落とす。

——なんだよ、その態度はさぁ。

一人が幸成に一歩近づこうとすると、傷のある少年が制した。

——あんまり近づくなよ。呪・わ・れ・る。

呪われる？

見ないふりを決め込みながらも、思わず耳が反応してしまう。

少年たちはまるで汚いものにでも触るようにしばらく傘で幸成を突いていたが、やがて飽きたのだろう。あっさりと背を向けて去っていった。

サァサァと、雨は降り続いている。

幸成はじっと下を向いていた。大きな目に涙が溜まっている。けれど、涙は零れる前に目元を拭った袖に吸い込まれた。

ふいに親近感を覚えた。幸成の悔しさは、身に覚えのあるものだったからだ。子供に石の的にされた時、酔っ払いに追い回された時、掃除中の中年女に箒で叩《たた》かれた時。同じように泣きそうになって、けれどぐっと堪えた。泣いてしまえば最後、感情が決壊してしまうと本能で悟っていたからだ。

しばらくして、

――触ってもいい？

雨に掻き消されてしまいそうなほど小さな声が尋ねた。

嫌だと、普段なら威嚇しただろう。けれど、この時は反応が遅れた。幼い手が背中に触れる。

ほっそりとした指は、温かかった。

温もりを感じるのは、久しぶりだ。以前がいつだったか思い出すこともできないくらいに。

自分でも気が付かないうちに、喉が鳴っていた。

――お前もいつも独りだよね。ずっと気になってたんだ。……俺と一緒だなって。

一緒じゃない。友達などいなくとも、幸成には家族がある。祖父と母親と一緒に住んでいるのだと、言っていたではないか。家に帰れば、優しい母親が待っているはずだ。

言葉で否定できない代わりに、尻尾で幼い手を軽く叩く。遊んでもらったとでも思ったのだろうか。幸成は少し笑った。

――アヤカシって知ってる？

突然なにを言いだすのか。今お前が撫でている猫こそ、アヤカシだと言ったら、どんな顔をするだろう。

――俺ね、見えるんだ。今は、見えないようにしてるけど。

驚きに、尻尾が止まった。幸成は撫でる手を止めない。

――そういうのね、人に話しちゃいけないよってお母さんに言われてたのに、言っちゃったんだ。皆も、面白がると思ったから。そしてら、嘘吐きだって言われるようになった。

幼い顔が、妙に大人びる。

――一人、顔に怪我《けが》してたでしょ？　あれ、俺がやったんだ。からかわれて、眼鏡取られて、それで……。

桃色の薄い唇にぐっと力が入り、白くなる。

自分より体格のいい相手と争って勝利したのならば、誇ればいい。野良猫の世界でもアヤカシの世界でも、勝者こそが、絶対だ。

けれど、幸成の顔には後悔しか浮かんでいない。

――おじいちゃんに、すごく怒られた。お母さんにも……。変な目のせいでクラスメイトには嫌われるし、おじいちゃんはすごく不機嫌だし、お母さんは悲しそうだし、よくないことばっかりだ。

他人より優れていることが、この少年にとっては大層な負担らしい。

幸成が身体を震わせる。思わず、「大丈夫か」と声を掛けたくなり、代わりにニャアとか細く鳴いた。

――慰めてくれてる？

ざらざらとした舌で手を舐《な》めると、幸成は嬉しげに笑った。

――お前、優しいね。

そんなことを言われたのは、生まれて初めてだった。心臓が、くすぐったい。

――ねぇ、俺の友達になってよ。

僅かに躊躇ってから、もう一度鳴いてみせる。幸成は嬉しそうに目を細めた。

――ありがとう。

いつの間にか、雨は弱くなっていた。

椅子から立ち上がった幸成は、空を仰ぎ見て大丈夫そうだと頷いて振り返る。

――一緒に、おいでよ。お母さんに、なにか食べ物を用意してもらうから。

お母さん。食べ物。温かい生活の代名詞のようだ。ほんの数十分前の自分ならあからさまに警戒して逃げただろうに、今は素直に惹《ひ》かれることができた。

幸成に付いて行こうと立ち上がる。椅子から飛び降りる前に、小さな両腕が伸びてきた。

――あ。お前の目、ヒボエみたいだね。

腕の中に大人しく抱かれていると、幸成はこちらを覗き込み、まるで宝物を見つけたように顔を輝かせた。ヒボエ、ヒボエ、と楽しげに繰り返す。

小雨の降る中、幸成は白い毛を濡らさぬようにと大切に抱えて家まで走って帰ってくれた。

そうして孤独だった化け猫は、ヒボエになった。

ヒボエが焔《ほのお》のことだと知ったのは、何年も後になってからだった。

＊＊＊

じゅうじゅうと音を立てるフライパンからは、卵とバターの混ざり合った香ばしい香りが漂ってくる。オムレツの最大のコツは、寄せ方にある。焦らず丁寧に、けれど火が通り過ぎては台なしだ。

「よし」

フライパンを叩いて卵の継ぎ目を消すと、中央のふんわりと盛り上がった綺麗なオムレツができた。テーブルの上に用意していた皿に載せて、脇にはトマトとブロッコリーを飾る。ありきたりなメニューだが、まずまずな出来だ。

『よぉ、化け猫』

　足元からかけられた声に、視線を落とす。スリッパの脇に、家鳴《やなり》が立っていた。

「おはよう、家鳴」

　家鳴は、家や家具を揺するアヤカシだ。古い家に住み着くことが多く、集団で行動する。

　しかし、藤代家に住んでいる家鳴は例外だった。移動中に逸《はぐ》れてしまい、路頭に迷っているところを焔が拾った。もう三年ほど前のことだ。かなり年季の入った藤代家の居心地がよかったらしく、それ以来、仲間を探しに出ることもなく留《とど》まっている。この町で唯一、焔より年若いアヤカシだ。

『ご機嫌だな』

「そりゃあね！　幸成が帰ってきたんだから」

　家鳴は真っ赤な顔を顰める。

『お前、悪趣味だよなぁ。あんな無愛想なヤツのどこがいいんだ？』

「幸成は無愛想なんかじゃないよ」

『そうかぁ？　辛気臭《しんきくさ》い面《ツラ》して、こっちの気分まで暗くなるっての』

「もしかして」

焔は腰に手を当て、軽く家鳴を睨んだ。

「それで昨日、幸成のことを脅かしたのか？　駄目だよ、そういうことしちゃ」

『でもあいつ、ちっとも驚いてなかったぜ』

張り合いがなかったとでも言わんばかりに、家鳴は肩を竦める。

「幸成は、昔から見える子だったからね。家鳴を見るのもきっと、初めてじゃないと思うよ」

『へぇ。あいつ、見えるのか』

「眼鏡をしてなければね」

『なんでわざわざそんなもんしてるんだ？　俺達が人間に見られたくないように、向こうも俺達のことなんて見たくないってか』

「そういうわけじゃないと思うけど……」

変な目のせいでと落ち込んでいた、小さな横顔が脳裏に蘇る。

「他の人に見えないものが見えると不便なこともあるんだよ、きっと」

するするとテーブルの足を上ってきた家鳴は、笊《ざる》の中に余ったブロッコリーをひと房《ふさ》手にして、ぱくりと噛《か》み付いた。

『敬三は、見えなかったのにな』

「でも気配には聡《さと》い人だったよ。最初に俺を見たときだって、人間に化けたアヤカシだってすぐにばれたし、敬三がよく縁側にお菓子置いてたのだって、別に置き忘れてたんじゃなくて家鳴にくれてたんだからね」

『分かってら』

家鳴はへへんと鼻を鳴らし、ふいに肩を落とした。

『しかしよぉ、これからは好きにテレビも見れねぇってわけか』

家鳴は、テレビが大好きなのだ。気が付けば、クイズ番組だのワイドショーだのドラマだのを見ている。お気に入りは朝と昼にやっている連続テレビ小説で、毎日同じ時間になると勝手に付くテレビに、敬三は何度も顔を顰めていた。

幸成相手では同じように好き勝手してはいられないと、焔に言い含められるまでもなく察しているらしい。

「……どうしても見たいのがあるなら、俺が見るふりをするよ」

『おっ、助かるぜ』

途端に、表情が晴れる。懸念《けねん》の晴れた家鳴はもそもそとブロッコリーを食べ続け、早々に食べ終わると物欲しそうな目で焔を見上げた。焔は仕方なく、自分のぶんのオムレツを割って小さな欠片《かけら》を家鳴に渡す。

アヤカシは人間のように食事を取る必要はないが、藤代家の家鳴は身体の割りに大食漢《たいしょくかん》だ。一度、好奇心で敬三の饅頭《まんじゅう》に手を出してから食べることが病《や》みつきになってしまったらしい。

テレビといい食べ物といい、笑ってしまうほど人間のようなアヤカシだ。

『それにしても、アイツに憑《つ》いてるのはなんなんだ？』

口いっぱいに玉子を頬張りながら、家鳴は首を傾げる。

『気持ち悪くてしかたねぇよ。それ、大丈夫なのか？』

家鳴が顎《あご》で指し示したのは、焔の左腕だ。捲《まく》り上げられた袖の下には、包帯が巻かれている。

「うん。ちょっと油断しただけだったからね。傷も浅いし」

己の左腕を見つめながら、焔は顔を曇らせる。

「……あれがなんなのかは、俺もよく分からないんだ」

家鳴が言うのは、幸成に張り付いている黒い影のことだ。影は始終、幸成を見張っている。

自分達と同じ類の生き物なのだろうが、正体がさっぱり掴めない。

最初に見た時はてっきり、幸成のアパートに住み着いているアヤカシだと思った。しかし、影は何百キロ移動しても幸成にべったりと憑いて来た。動きはのろのろとしていて鈍《にぶ》く幸成や焔になにか仕掛けてくるわけではないが、とにかく気味が悪い。煙草を買いに行くと外に出た幸成の後を付けたのも、あの影を警戒してのことだった。しかし、影は大人しく幸成の後を付いて回るばかりで、特になにが起こることもなかった。

事態が急変したのは、夜が深まってからのことだ。

夜半を回った辺りから、焔はアヤカシの姿に戻って暗闇《くらやみ》に紛れ、幸成の部屋へと忍び込んだ。

草木も眠る丑三《うしみ》つ時。多くの人ならざる者たちが最も力を得る時間帯だ。この時間になにもしなければ、ほとんど実害はないと考えていい。もちろん、気味が悪いことに変わりはないが、幸成を慕って見守っているだけの可能性もある。

幸成はぐっすりと眠っていた。居間の時計が、ボンボンと二時を告げる。息を潜《ひそ》める焔の前で、影が突然ケタケタと笑い始め、幸成へと近づいた。夜よりもずっと闇の深い影が巨大化し、幸成の首へと伸びる。その瞬間、焔は影に飛び掛かった。

その後は、ひたすら格闘だ。噛み付き、抱き込まれ、また噛み付く。幸成からできるだけ遠ざけようと庭に追い立て、日が昇るまで取っ組み合っていた。左腕の負傷はその時のものだが、あちらもかなりの痛手を負っているはずだ。朝日に照らされて再びのろまで気持ち悪いだけの存在に戻った影は、昨日より僅かに小さくなっていた。

玉子の欠片を食べ終えた家鳴は大きくなった腹を撫でながらどかりと腰を下ろす。

『加勢しようとも思ったんだけど、おっかなくてよ』

「家鳴なんて、踏み潰されちゃうような大きさだったもんね」

『っつーか、そりゃあいつも怖かったけど、お前もなかなかのもんだったぜ』

焔は目を丸くする。

「俺？」

『そうよ』

家鳴は悪びれもせずに答えた。

『すげぇ形相《ぎょうそう》で背筋も凍るような声でよぉ。普段、気の抜けたような顔してても、一人で生き抜いてきたアヤカシってなぁ、やっぱ迫力が違うわ』

そんなに酷《ひど》かっただろうか。あまりに必死だったせいで覚えていない。

『お前の大好きな幸成に気づかれないように気をつけろよ。あんなの見たら、いくら見える人間だってビビるだろ』

「……そうだね」

幸成に怖がられるのは嫌だ。

そもそも、己の正体を告白するつもりは皆無だ。自分がヒボエであることを話せば、ヒボエがアヤカシであったことも話さなければならない。幼い頃、アヤカシのせいで迫害されていた幸成には酷《こく》な真実だ。ヒボエは、幸成の唯一の友達でもあったというのに。

黙りこんでしまった焔に、家鳴は「どうした？」と首を傾げる。けれど焔がなにか答える前に、廊下の奥から人の気配が近づいてきた。

台所に、幸成が顔を出す。

「……いい匂いがする」

幸成が身に着けているのは、昨夜焔が用意した浴衣《ゆかた》だ。敬三が焔のために何枚か用意してくれたうちの一枚だった。少しはだけた胸元が妙に艶かしい。

「お、おはよう！」

焔は微かに赤くなった顔をごまかすように大仰《おおぎょう》な笑顔を作る。

「ちょうど、起こしに行こうかなって思ってたんだ」

いいタイミングで、トースターが鳴った。

椅子に座った幸成の前に、料理を並べていく。まだ半分ぼうっとしているような目が、焔の左腕を見た。

「どうしたんだ、それ」

「えっと、ドジしてぶつけたんだ。大したことないんだけど」

捲くっていた袖をさっと戻して包帯を隠す。幸成の後ろにいた影が、焔に気づいて少し怯《おび》えるように身を縮めた。

「ぶつけたって……。アンタ、本当に見た目と中身のギャップがひどいな」

幸成は呆れた様子で、それ以上食い下がってはこなかった。

向かい合ってパンを齧《かじ》る。それだけで、焔の心は言いようもなく満たされた。

一緒に、幸成がいてくれる。

「今日はなにをする？」

ウキウキした焔の言葉に、幸成は意味を問うように片眉を上げた。

「敬三とは、一緒に習字をしたり絵を描いたりしたよ。敬三、すごくうまいんだ。あ、それは知ってるよね。昔からだから」

「……見たことはないけどな。玄関に飾ってあるのも、そうなんだろ?」

「そうそう。あと美人画とかねぇ。すごいんだよ」

「美人画? あのじいさんが?」

「うん。見る?」

敬三の部屋に、全て残っている。死んだら燃やしてほしいと言われていたが、思い出の詰まったものをそうそう簡単に捨てることなどできなかった。

「……いや、いい」

あからさまに嫌そうだった。

「そっか。じゃあ、散歩でも行く? 近場ならたいていどこでも案内できるよ」

「アンタ、働いてないのか」

パン屑《くず》のついた指先を払いながら、幸成が尋ねる。焔はスープの入ったカップを手にしたまま固まった。

「……働く……」

考えたこともなかった。アヤカシに、働くという概念《がいねん》はない。

人の子は学校に行き大人は仕事をする、ということぐらいは知っているが、それが自分にまで適用されるとは考えもしなかった。

固まったままの焔を見つめながら、幸成が苦笑する。

「ニートの男が二人で家族ごっこか」

「……働いた方がいいかな？」

恐る恐る尋ねる。幸成は軽く肩を竦めた。

「必要ないなら、別にいいんじゃないか」

「幸成は、贅沢な暮らしがしたい？」

敬三の遺産に関しては、敬三が生前に雇った弁護士が諸々《もろもろ》を取り計らってくれた。相続税というものを支払ってなお額はそれなりのもので、弁護士曰《いわ》く、普通に暮らしていくぶんには一生困ることはないらしい。しかし、湯水のようにお金を使う生活となれば話は別だ。

幸成はまるで興味がないとばかりに首を振る。

「俺は、最低限の衣食住があればなんでもいい」

であれば、なにも問題はない。

焔はそっと胸を撫で下ろした。生活に必要な最低限のことは敬三に教えてもらった。働こうとすればなんとでもなるだろうが、幸成と過ごす時間が減ってしまうのは歓迎できない。

「アンタは、どんな暮らしがしたいんだ？」

「俺？」

空になった皿とカップを重ねて、幸成は頷いた。

「俺をここに呼んで、どんな風に過ごしたいと思ってたんだってこと。じいさんとしてたみたいに、一緒に飯食って絵を描いて散歩したかったのか？」

一緒に暮らすということは、そういうことではないのか。幸成にとっては違うのだろうか。

「えっと……俺は、……幸成と一緒にいられれば、それでいいんだけど」

「俺が毎日ぐうたら寝てたら、アンタもそうするのか？」

「いいね！　日向《ひなた》ぼっこしようよ」

二人で縁側に横になって、ゆったり過ごすなんて最高だ。

焔がぱっと笑うと、幸成は困惑したように眉根を寄せた。

まずいことを言っただろうか。自然に肩が窄《すぼ》まる。

「……変なこと言ってたら、ごめん。俺、幸成と暮らせるだけで本当に嬉しいんだ」

幸成ががりがりと頭を掻く。なぜか分からないが、いよいよ閉口したようだ。

「アンタの、家族ってものに対する執着はすごいな」

家族にではなく、幸成に執着しているのだ。幸成だから、家族になれて嬉しいのだ。

しかし、正直に言えば今度はどうしてそこまで自分にと訊かれるだろう。

口を噤《つぐ》む焔を前に、幸成は食器を持って立ち上がった。

「ごちそうさま」

「あ、うん」

「とりあえず今日は、ちょっと出掛けてくる」

「どこに？　俺も行くよ」

「いい」

即答されてしまった。

「最低限のものを買い揃《そろ》えてくるだけだから」

心配だがしつこくして鬱陶《うっとう》しがられるのも嫌で、焔は渋々頷いた。

幸成の後ろにいる影は、昼間はただ幸成をじっと眺めているだけだ。どうしても気になるようならば、昨日のように猫の姿で後を追えばいい。幸成の気配は独特だ。この町の中程度ならば、離れていてもすぐに嗅《か》ぎ付けることができるだろう。

シンクに食器を置き、スポンジを手にした幸成が振り返る。洗い物なんて自分がやるのにと、言いたくても言えなかったのは、幸成が笑ったからだ。迎えに行った時に向けられた皮肉な笑みではなく、冷笑でも苦笑でもなかった。

「アンタはちょっと、心配性すぎるな。そんな四六時中《しろくじちゅう》一緒にいなくたって、ちゃんと帰って来る。ここで一緒に暮らすって、決めたんだから」

安心しろと、笑みが語る。ヒボエと、焔を呼んで遊んでくれた少年の面影が重なった。

「……うん！」

幸成が笑ってくれた。それだけで、心が浮き立つ。

そう、彼はここに帰ってきた。これからも帰ってくる。なんて幸せなのだろうと、焔は思わず幸成の背に抱き着き、結果、泡まみれの手で押し退《の》けられてしまった。

幸成が出掛けると、一通りの家事を片付けてしまうことにした。全ての部屋に風を通し、掃除機を掛け、洗濯機を回しながら昼と夜の献立《こんだて》を考える。

敬三と暮らし始めてからずっと、同じようにしてきた。慣れたものだ。

とはいえ、焔は頭も要領もいい方ではない。最初は随分と失敗を重ねた。その度に、敬三は「仕方のないやつだ」と苦笑していた。

焔は、敬三が大好きだった。幸成の次に、大切な人だった。だから、敬三が病気だと知ったときは大泣きした。冷たくなった母猫を思い出して、身も世もなく泣いた。敬三はやっぱり苦笑して、「仕方のないやつだ」と頭を撫でてくれた。今でも、鮮明に思い出すことができる。

風呂場の方から、洗濯機が終了を告げる音が響いてきた。居間でぼうっとしていた焔は、ハッと我に返る。いつの間にか、物思いに耽《ふけ》っていたらしい。

洗濯籠を抱えて、縁側から外に出る。青い空に、ところどころ薄っすらとした雲が浮かんでいる。いい天気だ。

幸成が帰ってきたら、日向ぼっこに誘ってみようか。焔がごろごろと寝転がる横で、敬三はよく新聞や本を読んでいた。あんな幸せな時間を、幸成とも過ごしたい。

頬が、自然と緩む。すると、

『相変わらず、腑《ふ》抜けた顔してんな』

馬鹿にしたような声が後頭部に投げ付けられた。

反射的に振り返る。太陽の光を受けて黒光りする瓦《かわら》屋根の上に、こちらも真っ黒な鴉が一羽とまっていた。バサバサと羽を鳴らして、物干し竿《ざお》まで降りてくる。

焔は、うんざりした顔になった。

「……鴉。なにか用？」

『生意気なこと言ってんなよ、化け猫風情《ふぜい》が』

鴉が鼻で笑う。

普通より一回り大きなこの鴉は、焔にとって最も古い知人だ。野良から化けた時、偉そうに声をかけてきたのが彼だった。それ以来時おり、こうして焔を馬鹿にしにやってくる。

「喧嘩《けんか》なら買わないからな。俺は忙しいんだ」

『よく言うぜ。お気楽な顔でニタニタしてたくせに。本当にお前、頭が軽そうだな。いや、軽いのか』

どうして毎回毎回、こう突っかかってくるのだろう。

焔はきっと鴉を睨み上げると、喉から威嚇の声を出す。鴉はぴくりとも動じず、それどころか溜息を吐き出した。

『アヤカシのくせに、迫力もない。昨日は、多少マシだったみたいだけどな』

「……見てたのか」

『見てたもなにも、こっちはお前があいつをこの町に連れ込んでから、ずっと見張ってたんだ。お前とんでもないもんを連れ込んだな』

焔ははっと息を飲む。

「鴉、あれがなにか分かるのか？」

『お前とは、生きてる年数も格も違うからな』

いちいち嫌味を付け足さないと気がすまないのだろうか、このアヤカシは。

半眼で睨みつける。やはり鴉は、少しも動じなかった。

『ありゃ、呪詛《じゅそ》だ。宿主に寄生して、心を食っちまう化け物だよ』

「……呪詛？」

『呪いの塊だ。あのガキ、相当恨みを買ってるな。あんなにドロドロしてるのは久々に見た』

幸成のように優しい人間が、一体誰の恨みを買うというのだろう。

「追っ払えるものなのか？」

『寄生主から引き剥がしたいなら、消すしかないな』

「どうやって？」

『力ずくで。食い殺すのが手っ取り早いけどな、あんなもん食ったら腹下すぞ』

「……なるほど」

食い殺す。できるだろうか。昨日の様子では、ほぼ互角だ。

『無謀《むぼう》なことを考えるのはやめておけ。言っておくが、俺は助けてやらないからな』

「最初から期待してない」

『……相変わらず、可愛くないヤツだな』

幸成ならまだしも、鴉に可愛がられたところで寒気しかしない。

焔は鴉を無視して、洗濯物を手に取った。幸成が帰って来る前に片付けてしまいたい。せっせと手を動かしながら、どうすれば影の優位に立てるだろうかと考えを巡らせる。昼間ならば簡単に勝てる気がする。アヤカシの姿になってしまえば、どうせ幸成には見えないのだ。引き剥がして、食い殺すことができるかもしれない。

『無理だな』

焔の考えを読み取ったように、鴉が言い捨てる。

「なにがだよ」

『弱そうな昼間ならいけるって思ってるんだろ。昼間のあいつは、本体じゃない。思念の一部だ。あんなの蹴散《けち》らしたところで、意味がない』

「どういうこと」

『あいつが本領を発揮するのは、宿主が眠りについてからだ。それまでは身を潜ませて、虎視《こし》眈々《たんたん》と隙を狙ってるんだ』

「潜んでるって、どこに」

『そりゃあ、宿主の中に決まってるだろうが』

昨夜の巨大でどす黒い泥のような影を思い出し、焔の瞳孔がぎゅっと絞られた。

許せない。あんな汚いものが、幸成の中に入り込んでいるなんて。

ざわざわと全身が怒りと不快感にざわめく。

『お前、この家を出ろよ』

焔は怒りのまま、ぎろりと鴉を睨めつける。

「はぁ?」

『人間のふりして、なにが楽しいんだ。こんな家さっさと出てって、化け猫らしく生きろ』

「馬鹿なこと言うなよ。俺は幸成の家族になったんだ。この家で一緒に暮らす」

『馬鹿なこと言ってるのはお前だ。人間とアヤカシが家族?　お前、人間が憎くて化け猫になったんだろうが』

「鴉には関係ないだろ」

『あるな。お前見てると、苛々して仕方がない』

「じゃあ、見なきゃいいだろ」

『俺が見てるんじゃない。お前が俺の視界に入ってくるんだ』

威嚇するように、黒い翼がばさりと音を立てて広がった。

『そもそも、あいつはお前の正体知ってんのかよ』

痛いところを突かれて焔は黙り込んだ。

『あいつ、お前が化け猫だって知ったら、どんな顔するだろうな』

想像できない。したくもない。幸成が他人と違う自分の力を厭っていることはよく知っている。アヤカシなんてものが見えるせいで、蔑《さげす》まれていたのだ。焔の正体を知って嫌厭《けんえん》することはあっても、喜んでくれることは決してないだろう。

『自分のことも正直に話せないのに、家族なんてよく言えたもんだな』

ぎゅっと洗濯物を握りこむ。それは、幸成がパジャマ代わりにしていた浴衣だった。

「嫌われたくないんだ」

それだけは嫌だ。怖い。

鴉はふんと鼻で笑う。

『弱気なもんだな。あのガキに拾われる前のお前は、そんなにナヨナヨしてなかったってのに。あの頃の方がずっと、お前はいいアヤカシだった』

鴉の言う通りなのかもしれない。けれど、それは見せ掛けだ。独りの頃、焔はずっと肩肘を張って生きていた。つらくても弱音を吐かなかったのは、安心して泣ける場所がなかったからだ。

たとえアヤカシとして劣《おと》っているとしても、今の暮らしの方がずっといい。

「鴉に、分かってほしいなんて思ってない」

『ああ、そうかよ。じゃあ、勝手にしろ。後で泣いたって、助けてなんてやらないからな』

乱暴に言い捨てて、大きく羽ばたく。青い空に吸い込まれるようにして、黒い身体は高く高く昇っていった。

2

昼食の仕込みを終えた焔は、幸成の背中を縁側に見つけてぱっと顔を明るくする。しかし、少し離れた柱の脇にそっと佇《たたず》む影の姿を見て、すぐに表情を引き締めた。焔に気が付いた影は、身体を縮めるようにしてしおしおと僅かに後退する。

幸成が藤代の家に戻って来て、数日が経つ。なにをするでもなく一日一日を静かに過ごす幸成の姿は、晩年の敬三を髣髴《ほうふつ》とさせるものがあった。容姿はあまり似ていない。ただ、どことなく諦めの漂う背中が、驚くほどよく似ている気がした。

「なにしてるの」

できるだけ明るい声を掛けながら、近づく。振り返った幸成は、一冊の本を手にしていた。

「歴史の、本?」

「居間にあったのを、勝手に借りた」

藤代家の居間には、ガラスの扉が付いた大きな本棚がある。並んでいるのは歴史書や文学全集など、分厚くて長いものばかりだ。焔がヒボエとして藤代家に出入りし始めた頃からずっと、面子《メンツ》を変えずに並んでいる。その中の一冊を幸成が手にしている事実に、焔の胸がぎゅうと締め付けられた。

「借りた、じゃないよ。それは幸成のものだから」

「は？」

「敬三がね、幸成のために買ったんだって言ってたよ。幸成が赤ちゃんの頃に」

いずれ役立つだろうと買ったもののついぞ手に取られることはなかった。そう寂しげに語っていたのは、いつのことだっただろうか。

敬三が幸成のために用意したものは、今、確かに幸成の手の中にある。

焔は、そっと幸成の隣に腰を下ろした。

「昔から、そういうの好きだったよね。学校の図書館で偉人《いじん》の漫画とかを借りてきたりして」

この縁側で同じように座って読んでいた。焔が寄って行くと、よく中身を見せてくれた。内容はさっぱり分からなかったが、幸成が嬉しそうに話してくれるものだから焔も楽しかった。

「それも、じいさんが言ってたのか」

「え？」

思い出に浸っていた焔は首を傾げる。

「俺が借りてきた本だの、なんだの」

「あ。うん、そう。……敬三が、教えてくれたよ」

ずきりと胸が痛む。

違う、一緒に見たんだよ。俺は、隣にいたんだよ、と頭の隅でもう一人の自分が訴えていた。

幸成は本を閉じて、静かに溜息を吐いた。

「アンタの知るじいさんは、随分おしゃべりだったんだな」

「……そんなことも、ないけど」

敬三は、おしゃべりとは程遠い男だった。焔と一緒にいるほとんどの時間を、黙って過ごしていたと言っても過言ではない。

ただ、時おり思い出したように、朴訥《ぼくとつ》とした口調でぽつぽつと家族のことを語った。家族の話をする敬三はいつもより少し穏やかな顔をしていて、焔はそんな敬三の顔が好きだった。

「忘れてたな、自分でも。こういうのが好きだったってこと」

幸成は、静かな表情でじっと手元の本を見つめていた。

「えっと、……向こうでは、そういう本は読まなかったの」

「理系だったからな。高校も、大学も」

「リケイ？　リケイが好きなの？」

「別に。就職に有利だと思っただけだ」

リケイだと、なぜ就職に有利なのだろうか。リケイだと好きな本の種類が変わったりするものなのだろうか。分からないことだらけで、なにを聞けばいいのか分からない。そもそも、幸成はこの話題を続けたいとは思っていないようにも見える。

もっとなにか、幸成を笑顔にできるような話はないだろうかと考え込んでいると、ふいに「焔くん？」と呼ばれた。

玄関先に、女性の姿がある。隣家に住む主婦だった。数年前に嫁に来たばかりで、まだ若い。子供もいないはずだ。

「三宅《みやけ》さん」

焔は隣人の名を呼びながら、踏み石の上に置いてあったサンダルに足を引っ掛けた。庭を横切り、玄関先へ小走りに駆け寄る。

「どうかしましたか？」

できるだけ幸成を背に隠して話しかける。

「これ、持って来たのよ。回覧板」

三宅が、脇に抱えていたファイルを差し出した。

「すみません、ありがとうございます」

焔はにこやかな顔で受け取りながらも、はやく帰ってくれと心の中で願っていた。しかし、願いとは裏腹に三宅がちらりと庭先を窺う。

「さっきの人、焔くんのお友達？」

さっきの？　と、首を傾げて振り返る。縁側から幸成の姿は消えていた。

焔は一先《ひとま》ずほっと胸を撫で下ろした。幸成にはあまり若い女と関わって欲しくなかった。理由は、よく分からない。ただ、三宅の姿を見た瞬間、そう感じたのだ。

「いつの間にか藤代さん家に知らない男がいるって、うちのおばあちゃんが怖がってたの。焔くんの友達だろうから大丈夫よって言ったんだけど、ほら、田舎って余所《よそ》者に敏感でしょ。嫁《とつ》いできた私も、最近やっと馴《な》染《じ》めてきたところだし」

「あ、えっと」

正直に敬三の孫だと言っておいた方が無難だが、幸成が嫌がるかもしれない。しかし、焔の友人だと誤魔化《ごまか》したところで、このまま警戒され続けるのも面倒だ。

どう説明したものかと考えあぐねていると、突然、玄関の扉が開いた。

「きゃあっ」

三宅が驚いて後ずさる。

扉を開けたのは、幸成だった。

「すみません」

「驚かせるつもりはなかったんです。きちんと、ご挨拶《あいさつ》しておこうと思って」

幸成は、にこりと微笑む。好青年然とした表情に、焔は瞳を瞬かせた。ちらりと焔を掠めた幸成の目が、黙っていろと告げている。

「俺は、藤代幸成といいます。藤代敬三の孫です」

「えっ⁉」

三宅が驚きに目を丸めた。

「藤代さんにお孫さんがいたのは聞いてたけど、確か、随分前に出て行ったって……」

「はい、九年前に。今回、祖父が亡くなったのを聞いて、戻って来たんですよ。母親も他界して、途方に暮れていたもので」

「……そうなの」

驚きは一瞬で同情に変わる。

「大変だったのね」

「いいえ。……でも、しばらくここで羽を休めるつもりなんです。怪《あや》しい者ではありませんから、家の方に伝えてもらえませんか？」

聞こえていたのかと、三宅は気まずげな表情になった。

「ごめんなさい、無神経なことを言って」

「無理もないですよ。こちらこそ、怖がらせてすみませんでした。きちんとご挨拶に伺えばよかったんですが、なんだか気遅《きおく》れしてしまって」

「いいのよ」

三宅は大仰に手を振る。

「そんなの、全然構わないの。私も数年前までは東京に住んでたから、幸成くんの気持ちはよく分かるの。田舎って、ちょっと難しいわよね」

幸成くん。

その響きに、焔の胸が微かに引き攣《つ》れた。そう呼んだ女を、あと一人知っている。あの時も、焔は嫌な気分になって仕方がなかったのだ。

「男所帯だと、不便なこともあるでしょ？よかったら、なんでも遠慮せずに声を掛けてね」

幸成を見上げる目が、やけにキラキラと輝いた。その輝きに媚《こび》が含まれているように感じて、焔はそっと溜息を吐く。

「ありがとうございます」

にこやかに返す幸成の態度も、なんだか気に入らない。

どうしてだろうか。幸成のことは大好きなのに。幸成のすることなら、なんでも異を唱えるつもりはないのに。

何度も振り返って手を振る三宅が見えなくなった途端、幸成の顔から笑みが消える。

「……三宅さん、幸成のこと気に入ったみたいだったね？」

渡された回覧板を見るふりをしながら、それとなく尋ねてみる。

「そうか？」

「すごく見てたし」

「そりゃ、会話してる相手のことは見るだろ」

異様に輝いた眼差《まなざ》しに、幸成はなにも感じなかったのだろうか。

「幸成は、ああいう女の人が好き？」

「はぁ？」

顔を上げると、幸成は顰め面をしていた。なにを言っているんだと言わんばかりだ。

「だって、すごく笑ってたから」

「角を立てないように気を遣っただけだ。田舎ってのは恐ろしいほど排他《はいた》的だろ。目を付けられたら面倒だ。いくらなんでも、田舎で人妻に手出すほど馬鹿じゃない」

「人妻じゃなければよかったってこと？」

幸成の顔に険が増す。

「なんなんだよ、一体」

焔は慌てて首を振った。

「ごめん。なんだろ。自分でも、よく分からないんだ」

幸成のことを不快にさせる気など、皆目《かいもく》ない。ただ、気になったのだ。気になって気になって、仕方がなかった。

しん、と沈黙が落ちる。しばらくすると、「訳がわからないな」と、幸成は頭を掻きながら家の中へと入って行ってしまった。

焔は、ぽつんと玄関先に棒のように立ったまま動けない。

ソワソワ、あるいは、ハラハラと言うべきだろうか。心が落ち着かなかった。

まだ、幸成に聞きたいことがある。女の人には、いつもあんな顔で笑いかけるのかとか、今後三宅に声をかけられたらどんな対応をするつもりかとか。

聞きたいけれど、聞けない。心の中がぐるぐると掻き回されているようで、気持ちが悪い。

この感覚には、覚えがあった。幸成を迎えに行った日のことだ。幸成を、「幸成くん」と呼んだ、もう一人の女。焔の前で幸成に口づけ、余裕の笑みで去って行った。あの瞬間の苛立ちが、今も胸の奥の方に燻《くすぶ》っている。

『どうした、焔』

いつの間にか、家鳴が足元に立っていた。

『お前、すごい顔してるぞ』

「……どんな顔」

『怒ってるような、困ってるような、泣き出しそうな、よく分からない顔』

ぐっと胸のあたりを掴む。シャツにぐしゃりと皺が寄った。

「なんか、モヤモヤするんだ」

それこそ、怒りのような、困惑のような、悲しみのような、よく分からない感情が胸に渦巻いている。

『モヤモヤァ？　具合でも悪いのかよ』

「そうじゃなくて、」

三宅のこと、そして、幸成の許を訪れた際に見た女のことを話すと、家鳴は難しい顔をして「うーん」と唸った。

『それって、あれか？』

「あれ？」

『ヤキモチってやつか？』

「ヤキモチ？」

『ほら。よくテレビでやってるだろ。好きだの嫌いだの、浮気だの不倫だの、あの子とはこれっきりにしてだの、お前しかいないだの、病める時も健《すこ》やかなる時もだの』

「……よく分からないんだけど」

焔は家鳴ほどテレビを見ない。やってるだろ、と言われたところで「そうだね」と納得することはできなかった。

『だから！』

家鳴が小さな指先をびしりと付きつけてきた。

『恋ってやつだよ』

物知り顔で言ってのけてから、家鳴は驚いたようにぴょんと飛び上がる。

『へ⁉　恋⁉』

焔の足元をぐるぐると旋回して、ふと立ち止まり驚愕《きょうがく》の目でこちらを見上げる。

『お前、幸成に恋してるのか⁉』

焔は忙《せわ》しない家鳴の動きについていけず、ただ目を瞬いていた。

「……恋……？」

知らない単語ではない。

「……俺が、幸成に……？」

家鳴は、途方に暮れたように眉尻を下げた。

『いや、聞かれても困るけどよ』

「……恋」

聞いたことはある。概念も、なんとなくなら知っている。猫だって、恋には落ちるのだ。焔は、経験がなかったが。

焔の幸成に対する愛情は、ぼんやりとしていて明確な形を持たない。ただ好きで、大好きで、ずっと傍《そば》にいたいと、それればかり考えている。今も昔も、ずっと。

胸に根を張ったこの想いは、恋なのだろうか。

「恋って、なに？」

『俺が知るかよ。でも人間は恋をして、生涯の伴侶《はんりょ》を決めるんだろ』

そう言った後、家鳴は首を傾げた。

『あれ？　でも敬三は独りだったよな』

「……幸恵も、そうだったよ」

『そっかぁ。よく、分かんねぇなぁ』

「……そうだね」

アヤカシ二匹は、困ったように顔を見合わせて暫《しばら》く玄関先でぼんやりと佇んでいた。

＊＊＊

幸成を慕うようになったばかりの頃、ヒボエは敬三が苦手だった。いつもどこか張り詰めたような空気を纏い、ヒボエを見ると嫌そうに顔を顰めるばかりだったからだ。大好きな幸成が敬三を恐れていることも、ヒボエにとっては敬三を敬遠する理由になった。

——やっぱり引っ越すべきよ！

幸恵が敬三に食って掛かっているのを見たのは、藤代家に出入りするようになって二年ほどが経った頃だった。

——なにも言わないけど、あの子、苛められてるのよ！　このままじゃ、昔の私と同じだわ。

読んでいた新聞から目を離すことなく、敬三は鼻で笑った。

――非行に走って、どこの馬の骨とも知らないクズとの子供を連れて帰って来るのか。

――どうして父さんは、そんな言い方しかできないの。

幸恵は怒っているというより、悲しそうだった。そして幸恵に背を向ける敬三もまた、同じような顔をしていた。

――勝手に出て行った私をまた迎え入れてくれて、父さんには感謝してる。私を男手ひとつで育ててくれたことも、ありがたかったと思ってるわ。

――どうだかな。

――本当よ。父さんがいなかったら、今も路頭に迷ってた。父さんは、立派な人だと思う。母さんとは比べ物にならないくらい。

――自分の母親を、悪く言うんじゃない。

――言うわよ！　自分を捨てた、母親なんだから……！

幸恵の目には涙が溜まっていた。

――幸成を生んで、私はますます母さんを許せなくなったわ。母親なのに……。私はあの子の父親とは上手くいかなかったけど、でもあの子は私にとってなによりも大事よ。

敬三の目も、赤かった。幸恵からは、見えなかっただろうが。

――幸成は、ここじゃ幸せになれない。もっと色んな人がいる場所に行って、ゼロから馴染まなくちゃ。あの子も中学生になるんだから、新しい場所ならきっとうまくできるわ。父さんも、本当はそう思ってるんでしょ？

敬三はしばらく黙り込み、やがて低い声で応えた。

――どうしてもと言うのなら、好きにしろ。

――好きにしろって……。一緒に来てくれないの？　私、いがみ合ってても、素直になれなくても、父さんのことは好きよ。一緒に来てほしい。

――……私は、行かない。

――どうして？　私達より優先するものがあるの？　母さんみたいに、家族より大切にしたいものがあるっていうの!?

敬三は微動だにしなかった。やがて幸恵は、大きな溜息を吐いた。諦めの溜息だった。

――一緒に来てくれないのなら、ここで縁を切ってください。

――……どういう意味だ。

――ケジメよ。だって、私はもう二度とこの土地は踏まないもの。幸成にも、踏ませない。それでも父さんがここに残るって言うなら、

冷たく乾いた声が、藤代家の居間に落ちた。

――もうあなたは、私の父じゃない。

幸恵が居間から出て行っても、敬三はぴくりとも動かなかった。その姿はまるで、荒野にひ

とつだけぽつりと忘れ去られた岩のようだった。

思い返してみれば冷たい話なのだが、しかしこの時の焔は敬三の寂しげな背中をあまり気にしてはいなかった。それよりもずっと、幸成のことが気にかかっていた。

幸成がいなくなってしまうかもしれない。そんなのは嫌だ。付いて行くことはできるだろうか。付いて行ったところで、ちゃんと生きていけるだろうか。

猫は縄張りで生きる生き物だ。それは野良猫だろうと化け猫だろうと変わらない。ヒボエも、生まれてから今までずっとこの地で生きてきた。

どうしようどうしようと迷っているうちに、一ヶ月が過ぎた。敬三も幸恵も幸成も変わった様子はなく、もしかしたらあの話はなかったことになったのかもしれないと胸を撫で下ろした矢先、幸恵と幸成はこの家を出て行った。

桜の蕾《つぼみ》がほんのりと綻《ほころ》び始めた頃だった。

その日、ヒボエは初めて人間に化けた。それが幸成の行方を知る唯一の方法だったからだ。

敬三は、驚くほどあっさりとヒボエを受け入れた。

——びっくりしないんだね。

——ただの野良猫が、お前のような怪しげな気配を放つものか。私は、幸恵や幸成のような目は持っとらんが、気配には敏感なんだ。逆にあの二人は見えるものばかりを気にして気配に疎《うと》すぎる。お前なんかのどこがただの野良猫に見えたのか、私にはさっぱり理解できん。

こんなに口数の多い敬三は、初めてだった。

――幸成は、どこに行ったの。

――分からん。

――どうして一緒に行かなかったの。

――私は、この地を離れないと決めてるんだ。……娘と孫に、見捨てられてもな。ここで生きて、ここで死ぬ。

理由を問うても、敬三は黙すだけだった。

――幸成と幸恵には、もう会えない……？

――私はな。お前は、会いたいのならば捜しに行けばいい。

――敬三は、捜さないの？

――……捜せば、会いたくなるだろう。

けれど、ヒボエはそこを動くことができなかった。目の前の敬三があまりにも悲しげで、可哀想なほど孤独だったからだ。

孤独が心を歪ませることを、ヒボエは身を以《もっ》て知っていた。幸成のことは恋しかったが、自分が幸成を捜し求めてこの地を去れば、敬三はひとりぼっちだ。それに、幸成は自分を置いて行った。別れさえ口にせずに。自分はその程度の存在だったのかもしれない。

一度躊躇ってしまうと、もう足は動かなかった。己の過去と幸成に置いて行かれたという悲しみが、ヒボエをその場に縛り付けた。

それ以来、二人は、共に過ごすようになった。敬三の傍は心地よく、ヒボエは自然と敬三を慕うようになった。敬三に心を向けることによって、幸成への想いを紛らわせた。きっと敬三も同じだったろう。

——幸成のことを頼む。

枯れ木のように細く骨ばった手でしっかりと焔の手を握り、敬三は縋《すが》るように言った。それが、最期の言葉だ。

暖かな春の夕暮れ時だった。開け放たれた窓から爽《さわ》やかな風がゆったりと吹き込んできて、敬三の白い髪を揺らしていた。

敬三の瞳が瞼《まぶた》の向こう側へゆっくりと消えていくのを見た時、焔は敬三が自分を迎え入れた本当の意味を知った。

敬三は家をくれた。財産もくれた。けれど、焔に最も託《たく》したかったのは、幸成だ。たった一人の、大切な孫。そして彼は、焔にとっても誰より大切な人だった。

＊＊＊

コトコトと具材を煮込む鍋からコンソメの匂いが漂ってくる。そろそろだろうかと蓋を持ち上げたところで、台所の扉が開いた。居間で読書していたはずの幸成が顔を覗かせる。

「いい匂いだな」

「今日は、ロールキャベツだよ」

キャベツは、いい具合にくたくたになっている。

夕飯の時間を決めているわけではないが、だいたいいつも七時を回った頃だ。時計は、あと十分ほどで七時を指す。

「お腹空いたんだったら、もうご飯にしようか」

「喉渇いたから水飲みに来ただけだ。気にするなよ」

幸成は食器棚のグラスを取り出して、水道水を注ぐ。

「言ってくれれば、持って行くのに」

ごくごくと喉を鳴らして水を飲んだ幸成は、濡れた唇を拭いながら肩を竦めた。

「アンタといると、駄目人間になりそうだな」

「えっ」

「そんなになんでもかんでも面倒見られると、そのうち自分で息をするのも面倒になりそうって話」

「……息、は……代わりには、できないね……」

幸成が噴き出す。

一緒に暮らし始めて二週間。幸成は、少しずつ昔のように柔らかな表情を見せてくれるようになった。焔はその度に嬉しくて堪らなくなる。

「それくらい、全部アンタに任せっきりになりそうってことだよ」

それでも構わないのに、とはさすがに口には出さない。きっと呆れられてしまうだろうことは、察しがついていた。

「なぁ、ずっと気になってたんだけど」

グラスを漱《すす》いで水切りに干し、幸成が焔に向き直る。

「アンタ、日に日に生傷《なまきず》増えてないか」

ギクリと焔は顔を強張らせる。左頬には、切り傷の赤い筋がある。左腕には包帯が残ったままで、新たに右手首にもガーゼつきの大きな絆創膏《ばんそうこう》が貼られていた。傍《はた》からは分からないが、脇腹にも打ち身の痕がある。

「そそっかしいにも程があるだろ」

「そうだよね。気をつけてはいるんだけど」

焔は誤魔化すように笑いながら視線を鍋へと移す。

この二週間、穏やかな日々が過ぎている。しかしそれは表面上のことだ。

幸成に寄生する呪詛は、毎夜、幸成を呪い殺そうとする。焔は必死に食い殺してやろうとしているのだが、どうしても一歩力及《およ》ばない。このままでは、こちらが体力負けしてしまいそうな気配さえある。かと言って、他にどうしようもない。無力な自分がもどかしかった。

ふいに、インターフォンが鳴った。焔は火を止める。

「俺が出ようか」

「大丈夫だよ」

また隣家の主婦だったら、面白くない展開になりそうだ。

「俺が行くから、お皿出しておいてくれる？」

幸成を台所に置いて玄関へ向かう。

引き戸を開けた先にいたのは、スーツ姿の見知らぬ男だった。中年とも老年ともいい難い、不思議な雰囲気を纏っている。髪はところどころ白いが、妙につるんとした顔をしていた。

門扉の向こうには、黒々とした車が止まっている。

「どうもこんにちは」

男が微笑む。反射的に、ざわりと背に鳥肌が立った。

悪意を持たれているわけではない。男の風体《ふうてい》は、善良な人間そのものだ。それなのに焔の本能が全力で、この男は妙だと告げている。

「藤代幸成くんはいますか？」

「えっと、……どちら様でしょうか」

「ああ、これは失礼しました。私は、日笠と申します。幸成くんの身内のようなものです」

日笠。どこかで聞いたことのある名前だったが、どこで聞いたのか思い出すことができない。なにより、身内、という親しげな言葉の方が気になった。

「幸成くんに、日笠が来たと言っていただけませんか。それで彼には分かるでしょうから」

嫌だ、と頭の隅で声がする。根拠はない。日笠はにこにこと笑みを崩さない。

「留守なのかな？　それなら出直しますけどね。あなたは確か、」

「俺ならいますよ」

後ろから日笠を遮るようにして飛んできた声に、焔ははっと振り返る。そこには、苦虫を噛み潰したような顔の幸成が立っていた。

日笠の顔がますますにこやかになる。

「やぁ、幸成。久しぶりだ」

人のよさそうな顔に笑い皺が刻まれれば刻まれるほど、焔の中で違和感が大きくなっていく。

「こんな時間にすまないんだが、君と話がしたくてね」

少しの沈黙を挟んで、幸成は頷いた。

「……上がってください」

焔はどうしていいか分からずに、ただただ戸惑う。

「俺の部屋に来てもらうから、アンタは先に飯食ってて」

「でも、」

「いいから」

有無《うむ》を言わせぬ声音だった。

幸成と日笠の姿が消えても、焔はぽつんと玄関に立ち竦んでいた。

『気になるなら、覗きに行けよ』

いつの間にか、足元に家鳴が立っている。

『お前、あいつのために毎晩身体張ってんだ。それくらいの権利はあると思うぜ』

焔が好きでやっていることだ。それだけのことで、盗み聞きしていい権利なんてないだろう。

そうと分かっていても、気になった。

焔は、そっとアヤカシに姿を戻す。

『……ちょっと、行ってくる』

家鳴に言い残し、廊下を駆けた。障子を擦り抜け、幸成の部屋へと入る。必要もないのに、足音に気をつけて歩いた。

「君が突然いなくなったから、私は本当に驚いたんだよ」

日笠は、椅子に座っていた。組んだ膝に両手を重ね、立ったままの幸成を笑顔で見上げている。常に幸成に張り付いている影が、日笠の後ろで幸成を見つめていた。

「すみませんでした」

答える幸成の声は硬い。

「一体、どうしたんだい？　私の支援に、なにか不満があったのかな？」

「いいえ、充分よくしていただいたと思っています」

「それならどうして？」

「……隠居しようと思ったんです。田舎でゆったり暮らすのも、悪くはないかなと」

日笠の笑みが失笑に変わった。

「その若さでかい？　いささか早すぎるな」

椅子が揺れ、螺子《ねじ》が悲鳴を上げるようにキィキィと鳴る。影が、音に合わせるようにしてニタニタと口元を歪ませていた。

「大学から、私のもとへ連絡が来たよ。とりあえず、来年の四月まで休学届けを出しておいた」

「お手数をおかけしてすみません。でも、……大学は辞めます」

「君があんなにいい大学に受かって、幸恵さんはとても喜んでたじゃないか。以前も言ったけどね、お母さんのためにも卒業はした方がいい。生活が苦しいなら、援助額を増やそう」

「金の問題じゃありません」

「それなら、どうしたっていうんだ」

幸成が重い溜息を吐いた。日笠はもう笑っていなかったが、影の口は弧を描き続けている。

焔は幸成の足元に立って、日笠と影を睨み上げた。

「疲れたんです」

幸成がぼそりと零す。

「疲れた？」

「嫌気が差しました。人を、……呪うことに」

呪う？

焔は首を傾げる。違う、呪われているのは、幸成のはずだ。毎晩毎晩、呪い殺されそうになっているのは、幸成の方だ。

訳が分からず幸成を見上げる。幸成は紙のように白い顔をしていた。

「日笠さんには感謝していますが、俺にはもう無理です。前に言っていましたよね。俺と同じようなことをしている人間は他にもいるって。そちらを頼ってください」

再び、日笠の座る椅子が嫌な音を立てる。

「疲れたから降りる、なんてことが今さら許されると思うかい？」

日笠はまるで聞き分けのない子供に言い聞かせるように、ゆっくりと話す。

「私は君ともっと一緒に過ごしたいと願う幸恵さんを夜の仕事から救い、生活を支えてきた。幸恵さんが死んだ後も、君になに不自由ない暮らしをさせて学費まで払っている」

「……感謝してます」

「君の行動は、感謝とは程遠い。幸恵さんもそうだったね。私に感謝していると何度も言っておきながら、勝手に降りてしまった」

幸成はぐっと唇を噛み締めた。

「君は降りることなどできないよ」

日笠が目を細める。咎人《とがにん》を断罪しているようでもあり、弱者をいたぶっているようでもあった。

「今まで何人死んだと、いや、……殺したと思ってるんだ」

びくり、と幸成の身体が震える。

「だからこそ俺は、もう無理なんです」

「じゃあどうすると言うんだ？　幸恵さんのように自殺するのかい？　やめておきなさい」

日笠は一層優しげになる。

「君の手は罪に穢《けが》れている。もちろん、私の手もそうだろう。我々は一蓮托生《いちれんたくしょう》なんだよ。君だけ逃げるなんて、許されるはずがない」

嫌な声だ。ぬるぬると全身を侵蝕《しんしょく》して、心の臓の一番痛いところを絡め取ろうとしているような。

影が、ケタケタと声を立てて笑った。耳障りな笑い声は赤子が無邪気にはしゃいでいるようにも聞こえ、周囲に漂う暗い空気との落差に怖気《おぞけ》が走る。

幸成の表情は暗く、目に光がない。噛み締めすぎた唇が、悲しいほどに白くなっている。

このままでは駄目だ。幸成が日笠と影に絡め取られてしまう。

さっと身を翻し、廊下に出る。再び人間の姿に戻ると、焔は躊躇うことなくノックのひとつもせずにスパンと障子を開け放った。

「失礼しますっ」

幸成と日笠が同時にこちらを見やる。二人とも唐突に現れた焔に心底驚いた顔をしていたが、構わずに勢いよく言葉を続けた。

「今日は、幸成を紹介しがてら俺の友人と食事する約束をしていて、もうすぐ着くと連絡があったんです。申し訳ないんですが、お帰りいただけませんか……！」

日笠に向かって一息で告げる。

焔の登場に目を瞬かせていた日笠は、一拍置いてからにこりと笑い頷いた。

「それは、失礼しました。日を改めましょう」

そう言うと、ゆったりとした余裕のある動作で椅子から立ち上がり、幸成を振り返る。

「近いうちに話そう。君に急ぎで頼みたい仕事があるんだよ」

「俺は、無理です」

「……堂々巡りだな」

日笠はスーツの隠しから一台の携帯電話を取り出して、幸成の胸に押し付けた。

「持っていなさい。通信手段がないと不便で仕方がない」

幸成は動かない。日笠は、大きな溜息を吐いた。

「そんなに嫌なら、今回の仕事は他に回そう。しかし、いずれきちんと話し合いをしてもらうよ。君には、その義務があるはずだ」

今度も幸成は返事をしなかったが、押し付けられた携帯電話だけは緩慢《かんまん》な動作で受け取った。

「それでは、私は失礼しますよ」

日笠は焔に微笑みかける。

「突然押しかけて、申し訳ありませんでした」

心から詫びている。そんな声音なのに、素直に頷くことができない。引き攣る笑みを浮かべながら、焔は日笠を玄関まで見送った。

車が去っていったのを確認し、急いで幸成の部屋に戻る。

幸成は、ベッドに凭《くずお》れるようにして、畳に座り込んでいた。日笠から渡された携帯電話は、少し離れた場所に放り出されている。

焔は駆け寄って、俯《うつむ》く幸成をそっと覗き込んだ。

「……大丈夫？」

「どこから聞いてた」

「えっ」

幸成の顔が上がる。黒い瞳は焔を責めているようだった。

「聞いてたから、嘘まで吐いて入ってきたんだろ」

「……ご、ごめん……。幸成の様子が変だったから、どうしても、……心配で……」

焔はしゅんと肩を窄める。

沈黙が落ちた。

幸成はシャツのポケットから煙草の箱を取り出す。しかし、箱の中は空だった。ぐしゃりと握りつぶされた箱が、用済みだとばかりに放り出される。携帯電話にこつんと当たって、悲しげに転がった。

幸成に聞きたいことが、山ほどあった。あの日笠という男との関係、物騒な言葉の飛び交っていた会話、追い詰められたような幸成の様子。

けれど、なにひとつ言葉にならない。幸成はきっと聞かれたくないに違いない。

「酒、あるか」

沈黙を破った幸成に、焔ははっと顔を上げた。視線がぶつかる。黒い瞳に、もう責めるような色はなかった。

「ウィスキーなら、敬三のが残ってる、けど」

「飲みたい」

「食べ物は？」

「いらない」

焔は台所に行き、奥にしまってあったウィスキーの瓶《びん》を抱えた。中身はまだ八割以上残っている。氷を入れたグラスをふたつ一緒に持って戻ると、幸成は微かに眉を上げた。

「アンタも飲むのか」

「これでも強いんだよ。敬三にも、よく付き合ったしね」

幸成の横に座り込み、グラスの半分まで黄金色の液体を注ぐ。

幸成はなにも言わずに、注がれたウィスキーをくいとひと口で飲み干してしまった。

「……そういう飲み方、よくないよ」

酒の飲み方など知らないが、敬三はいつもゆっくり舐めるように飲んでいた。

幸成は焔を無視して手酌でグラスに酒を注ぎ、再び勢いよく飲んでしまう。そんなことを三度か四度ほど繰り返すうちに、じわじわと幸成の顔が赤くなっていった。瞳も潤み、どこか遠くを見るようにぼうっとしている。

「……酒はさ」

小さくなった氷がカラリと音を立てて崩れた。

「感覚とか思考とか感情とか、そういうもの全部、鈍くしてくれるから好きなんだ」

焔もゆっくりとグラスを傾ける。

「どうして、鈍くなりたいの」

「……弱いから。鈍くならないと耐えられない」

俯く幸成の目元を、眼鏡と前髪が覆い隠す。

「なぁ。……俺が人を呪い殺せるって言ったら、信じるか？」

焔は黙り込んだ。

呪い殺す。それは人間ではなく、アヤカシの領分だ。試したことはないが、焔のような弱いアヤカシでは難しいだろう。家鳴もきっと無理だ。鴉くらいの力があれば、可能かもしれない。

そんなことが、幸成にできるというのか。

「あの日笠ってのは、政治家だ。演説が上手くて、人気もある。でもそれは表の顔で、裏では都心の歓楽街を仕切ってる在日ヤクザたちと繋がってる。恐ろしいほど敵の多い男だ」

焔には、想像もできない世界の話だった。

「俺は、あいつと対立する人間を何人も、……呪い殺した」

焔の沈黙を勘違いしたのか、幸成は乾いた笑い声を上げた。

「信じられないよな。まるでオカルトだ」

「信じるよ」

即答に、幸成がのろのろと顔を上げる。眼鏡越しの瞳が不思議なものを見るようにじっと焔を見つめ、やがて、悲しげに歪んだ。

「母さんも、同じことをしてたんだ。本人は、日笠の秘書をしてるとしか言ってなかったけど」

真っ赤な目からは、今にも涙が零れ落ちそうだった。

「母さんが死んだのは、俺が大学生になってすぐだった」

声も、微かに震えている。

「俺は元々、大学なんてどうでもよかったんだ。それより、早く社会に出て、母さんに楽をさせたかった。でも、母さんは自分が行かなかった分、俺には絶対に進学してほしいって、ずっと言ってた。長い目で見れば、その方が賢いからって、担任と一緒になって死ぬほど言い聞かせられた。折れた俺は、近場の国立大学を受験した」

そっと幸成は息を継ぐ。

「入学式の日、母さんは嬉しそうで、本当に嬉しそうで」

声が一層大きく震えた。

「……その四日後、ビルの屋上から飛び降りた。愛してるって、それだけが書かれた遺書一枚を残して……」

焔の脳裏に蘇るのは、轢かれてただの肉塊になった母猫の姿だ。あの時の気持ちは、もうどこか遠くに行ってしまった。それでも、心臓が潰れるほど悲しかったことは覚えている。

「葬式をしてすぐに、独り暮らし用の小さなアパートに引っ越した。大学はやめて、働くつもりだった。そこに日笠が来て、……母さんがやっていたことを全部、俺に話して聞かせた」

人のよさそうな顔をしたあの男は、きっと心底幸成が心配だという様子を装ったに違いない。

幸成が小さく笑う。自嘲《じちょう》の笑みだった。

「間抜けなことに、俺はなにも知らなかった。母さんはいつも疲れた顔をしてたのに、なにも気付かなかった……」

　幸成のせいではない。きっと幸恵も、息子には気丈《きじょう》な態度を取り続けていたのだろう。

「日笠に跡を継がないかと誘われた時、……迷わず頷いた」

「なんで……」

　恐ろしいことだと、分かっていただろうに。

「母さんがなにに苦しんでたのかを知りたかった。知る必要があると思った」

「日笠が悪い人間だって分かってて、自分から飛び込んだの……？」

　幸成は、問いに答えなかった。沈黙が答えなのだろう。

「呪えって言われても、初めはよく分からなかった。でも、思い出したんだ。小学生の頃、同級生に怪我させたことを」

「……怪我？」

「俺、昔から友達ってのがいなかったんだ。クラスメイトにも、よく苛められてた」

　幸成に出会った雨の日の光景が、まるで昨日のことのように蘇る。

「俺にちょっかいかける中に、横井《よこい》ってのがいた。身体のでかいやつで、よく泣かされた」

　あの日、傘で幸成を突いていた中に、他よりひと回り大きな身体の少年がいた。彼のことだろう。

「そいつが俺の眼鏡を無理やり取り上げたことがあった。眼鏡は、絶対人前では取るなってじいさんに言われてた。俺は必死に取り返そうとして、でも横井はでかいから全然取り返せなくて、揉み合ってるうちに、本当に横井が憎くなった。それで、一瞬だけ考えたんだ。死んじまえって、強く。……本気で……」

声が尻窄みになり、幸成は、蚊の鳴くような大きさで「本当に、一瞬だけ」と付け加えた。

「……どう、なったの」

「そいつの額がばっさり切れて、血が飛んだ。訳がわからなかったけど、自分のせいだって、なんでかそれだけははっきりと分かった。たぶん横井も」

体躯《たいく》のいいあの少年は、額からこめかみにかけて大きな傷跡があった。彼は言っていたではないか。

——あんまり近づくなよ。呪われる。

「あの時の要領だって分かれば、あとは簡単だった。日笠は俺とターゲットを引き合わせる。俺は、適当なことを話しながら、ただひたすら死ねと願い続ける。そうすると、数日後には訃《ふ》報《ほう》が届くんだ。嘘みたいに簡単で、日に日に心は麻痺していった」

「……ひどい」

「だよな」

「違うよ。日笠がだよ！　幸成に……幸恵にも、そんなことさせてたなんて」

幸成は、ゆるゆると首を振った。

「確かに、日笠は碌《ろく》でもない男だ。でも、最初に日笠に頼ることを選んだのは母さんだ。死を選んだのも、……母さんだ」

苦しげに、幸成が吐き出す。

幸恵は、どうして幸成を残して死んでしまったのだろう。焔の知る幸恵は、少なくとも愛する息子を孤独に落として一人で逃げるような女ではなかったのに。

「母さんと同じに、俺も自分で選んだ。……殺された人間は、俺を恨んでるだろうけど、完全に自業自得だよな」

幸成が部屋を見渡す。見えていないだろうに、視線は影がぼうっと立っている場所を漂っていた。

「じいさんは、きっとこうなるって分かってたんだ」

「まさか！」

分かっていたならば、どうにかしようとしたはずだ。

幸成は、敬三をまるで恐ろしい神様のように感じているが、そうではない。敬三は不器用で無力な、一人の人間だった。

「分かってたんだよ。いつも見下すような目で俺達を見て、疎ましがってた」

「見下してもないし、疎ましがってもない」

焔は強い口調で言い切る。

「敬三は、ずっと幸成のことを気にしてた。もちろん、幸恵のことも。元気にしてるか困ってないかっていつも言ってた。幸せになってるようにって、願ってたよ」

毎日毎日、それだけを願っていた。

その気になれば二人のことを調べるなど簡単だろうに、敬三は決して調べようとしなかった。現状を知れば、会いたくなると分かっていたからだ。

「嘘だ」

「嘘じゃない」

「あのじいさんは、母さんの葬式にも来なかったんだ」

「行ったよ！」

幸成の眉間が、ぴくりと動く。

「……なに？」

「お葬式には、……行ったんだよ。幸恵のお葬式の知らせが来てすぐに、敬三は電車に飛び乗ったんだ」

知らせは、電報で届いた。敬三は着の身着のまま、なにがあったのかと尋ねる焔を振り切って行ってしまった。焦燥《しょうそう》と驚愕に彩られた表情は恐ろしいほどで、追いかけることもできなかった。

焔が理由を知ることができたのは、翌日、憔悴《しょうすい》した敬三が帰ってきてからだ。

「でも、幸成には会えなかったって、……今さらどんな顔をしてどんな言葉をかければいいか分からなかったって……」

そう言って、泣いた。敬三の涙を見たのは、後にも先にもそれきりだ。

「その代わり、幸成の面倒を見てる人に会ってお金を渡したんだよ。しっかりした地位のある人だって言ってた。たぶん、……あの日笠さんて人」

日笠の名前を、聞いたことがあったのはそのせいだ。

呆然としていた幸成は、くくと喉で笑った。

「あんな男に、騙《だま》されたのか。耄碌《もうろく》するにも程があるだろ」

「敬三は、幸成が考えてるような人じゃないよ。弱くて寂しがり屋で、人が良すぎるくらいだった」

幸恵の死後、敬三は見る間に衰《おとろ》え、数ヶ月もしないうちに病《やまい》に倒れた。それまでは気丈な老人然としていたが、身体も心もすっかりと衰え、どんどん痩《や》せ細っていってしまった。

「笑えない冗談だな」

幸成の敬三に対するイメージは、あまりに頑強だ。焔はもどかしさに唇を噛む。

「だって、敬三は俺を養子にしたんだよ？　敬三にとって俺は、幸成たちの代わりだった。敬三が俺にくれた優しさは、本当なら幸恵と幸成にあげたかったはずのものだよ」

行き場を失った優しさを、運良く自分が享受《きょうじゅ》しただけなのだ。

「もういい」

幸成が両手で耳を塞ぐ。

「よくない」

焔は幸成の腕を掴んだ。

「よくないよ。幸成は誤解してる」

元を辿ればその誤解が、幸成を追い詰めている。

「じいさんは本当は俺達のことを心配してた。だったとして、なんだって言うんだ。結局あいつは、なにもしてないだろ！」

「俺に、幸成を託してくれた」

――幸成のことを頼む。

あの声が、今も脳裏から離れない。

「面倒ごとを人任せにしただけだ。アンタも気の毒だな、いいように押し付けられて」

「違うよ」

敬三は焔にとって家族で友人で、同士だった。同じ人間に愛を注ぎたいと願う、同士だ。だから敬三に幸成のことを託された時、焔は嬉しかった。

「俺が幸成に帰ってきてほしいって言ったのは、幸成のことが好きだからだよ」

すごくすごく、好きだからだ。

「……アンタのその好きって、なに？」

幸成が訝しむような目を向ける。

「なにって」

「会った時からそうだった。アンタ、なんでそこまで俺が好きなんだよ。じいさんから聞いてたから？　それだけで、他人をそんなに好きになるわけないだろ」

自分がヒボエだと言えたら、どんなにいいだろうか。幸成がその幼い手で連れ帰ってくれた時からずっと大好きだと伝えることができたのなら。

本当のことは話せない。その代わり、焔は幸成に顔を寄せた。猫が甘えるように、自分の額を幸成の額に擦りつける。

「……好きだよ……」

もう十年以上も前から、ずっと。

囁《ささや》くように告げた焔に、幸成は目を細めた。

「……アンタ、俺を迎えに来た時、家族だって言ったよな。だから一緒に住みたいって」

「言ったよ」

「アンタ、俺とどうなりたいの？　寝たいのか？　男が好きなのか？」

それが単純に睡眠を意味するわけではないことは、さすがに焔にも理解できた。

寝たいのか。それはつまり、性交したいのかという問いだ。どっと、身体の奥の方で、なにかが大きく震えた。

アヤカシには、色欲というものがほとんど存在しない。そもそもの性質上、己の肉体に対する認識が薄い。しかし、焔は元々ただの野良猫だ。本能的な欲望は記憶に残っている。つがいのように幸成と身体を繋げたいのかと聞かれれば――

ああ、と焔は心の中で呻く。

そうだったのだ。

――へ⁉　恋⁉

突然、家鳴の声が脳裏に木霊《こだま》した。

――お前、幸成に恋してるのか⁉

あまりにもよく分からない話だったせいで、頭の隅に追いやっていた問い。けれど、今なら分かる。

幸成が、好きだ。好きで好きで、堪らない。これは、この気持ちは。

焔の無言をどう受け取ったのか、幸成は立ち上がると焔を引き起こし、ベッドへと座らせた。

「別に、それくらいしてやるよ。俺も、今日はそんな気分だ」

幸成が乱暴に言い放って、焔の胸を押す。

「あいにく男と寝たことはないけどな、どうせすることは同じだろ」

「ま、待って。そうじゃない！」

押し倒される形になった焔は、覆いかぶさってきた幸成の肩を掴んだ。

「なんだよ」

幸成は眉根を寄せる。

「アンタに突っ込んだりしないから安心しろよ」

「え？　いや、そうじゃなくて」

触れ合っている肌が熱い。顔に血が上って、バクバクと心臓が脈打っている。

冷静になれと、何度も心の中で自分に言い聞かせた。

「幸成、自棄になってるように見えるよ。ここにいるのが俺じゃなくてもいいって、そういう顔してる」

思い出されるのは、幸成を迎えに行った日だ。

親しげだった女。幸成を、「幸成くん」と呼んでキスをした女。恋人ではないと言ったが、あからさまに性の香りがした。二人の間になにがあったかなんて、誰の目にも一目瞭然《いちもくりょうぜん》だった。

胸が、針で刺されるように痛む。

「俺ね、幸成といたいんだ。ずっと、一緒にいたいんだよ」

アルコールと勢いでその場を凌ぐだけの関係なんて、望んでいない。あの女と同じ立場なんて、死んでも嫌だ。それなら、身体なんて繋げなくてもいい。そう思った途端、すっと身体から熱が引いていった。

焔は骨ばった肩を抑えていた手を離し、そっと幸成の頬に触れる。

「つまり、一緒に生きていきたいってことなんだけど」

「一緒に、生きる?」

「そう。えっと、病める時も健やかなる時も、みたいな」

するりと口から出てきたのは、家鳴りに教えてもらった言葉だった。愛を誓う、人間たちの言葉。

追い詰められるような顔をしていた幸成の表情が、徐々に緩んでいく。安心しているような、困っているような、不思議な顔だった。

「なんかすごいこと言ってないか、アンタ」

「そうかな?」

「ずっと一緒に?」

「いるよ」

「俺が好きだから?」

「そう」

「俺が、……人殺しでも?」

「関係ないよ」

はっきりと言い切ると、幸成は微かに目を見開いた。

どうしてそんなに驚くのだろう。

焔にとっては、幸成が全てだ。幸成のせいで誰が苦しもうと、関係ない。元々、アヤカシはそういう生き物だ。他者に対する情など、持ち合わせてはいない。大切なのは、胸の内に入れた者だけ。

「幸成がなにをしてもなにを抱えてても、大好きだよ。俺、幸成のためならなんだってできる」

今から日笠を追いかけて食い殺したっていい。

「じゃあ、寝てくれよ。乱暴にしてくれ。なんにも考えたくないんだ」

「それは駄目」

「なんでもするんだろ」

「幸成が、俺だけに望んでくれるならね」

幸成は、まるで迷子のように、所在なさげな顔になる。焔は起き上がって慰めるようにキスをした。幸成の表情が緩む。

「……アンタ、温かいな」

「幸成も温かいよ」

壊れやすい大切なものをそっと抱えるように、幸成の身体を抱き寄せる。温かい。初めて触れ合った時と、少しも変わらずに。

幸成の手が、おずおずと焔の背に回る。何度かこうして抱き締めたが、抱き締め返されたのは初めてだった。

「こうしててくれ」

「うん？」

「安心する。アンタの腕」

嬉しくなり、焔は腕に力を込める。部屋の隅では影がいつも通り幸成を窺っていた。それ以上は近づくなと、睨みつけて威嚇するとビクビク怯えるように縮んだ。

そうしているうちに、気が付くといつの間にか幸成は焔の腕の中で子供のように寝息を立てていた。

焔はそっと、柔らかな癖毛を撫でる。

――お前、幸成に恋してるのか⁉

再び、頭の中で家鳴が問いかけてきた。

焔は、こくりと頷く。

そう、恋だ。この気持ちは、恋だったのだ。

3

ゆるやかに風が吹いている。枯葉《かれは》の匂いを含んだ秋めいた風ではなく、ひんやりとした冬の風だ。縁側で洗濯物を畳んでいる焔の隣では、家鳴がまどろんでいた。

「焔」

居間にいたはずの幸成が近づいてくる。

「ちょっと出かけてくる」

手には、本が二冊抱えられていた。

「図書館？」

「ああ。なんか買い物があるならついでに買ってくるけど」

「うーん。あ、もうすぐ醤油《しょうゆ》が切れるかな」

「それだけか」

「うん。遅くなるようならいいからね。なるべく夕方までには帰ってきて」

『帰ってこなきゃ迎えに行くんだろ』

家鳴が目を擦りながら茶々を入れる。

過保護な親めいた焔の言動に、けれど幸成は苦笑しながら頷いた。

「大丈夫。遅くならないようにする」

幸成の後ろでは、影がちらちらとこちらを窺っていた。

「じゃあな」

「いってらっしゃい」

幸成の背が廊下の角に消えると、家鳴が焔の膝へとよじ登ってきた。

『図書館て、昨日も行ってなかったか』

「そうだね」

駅を挟んだ反対側、家から片道二キロほどの距離に、町の運営する図書館がある。図書館自体は小さいが、提携している他の図書館の本を取り寄せることができるため、なかなか便利だ。

——というのは、ここ数日ほとんど毎日のように、借りた本を片手に往復四キロの距離を歩いている幸成の弁だ。

焔も最初の二日ほどは付いて行っていたのだが、常に幸成に張り付いていたため、ゆっくりできないと怒られてしまった。

焔の膝の上に座り込んだ家鳴はブラブラと足を揺らす。

『なんかあいつ、ちょっと変わったよな。あの日笠ってヤツが来た日から』

「……そうだね」

善良そうな風采とは真逆の、厭《いや》な空気を纏った男。彼が幸成を訪ねて来てから一週間が経っている。

あの夜から二人の関係が劇的に変化したということはない。時間に追われることのない緩やかな日々が続いている。

ただ、幸成の焔に対する態度は、少し変わった。

「幸成は、この家で暮らすことを受け入れてはいても、俺のことまでは受け入れてくれてなかった気がするんだ」

共に過ごしていても、常に一線を引かれていた。家族とは名ばかり。同じ屋根の下で過ごすだけの他人なのだと、全身が訴えていた。けれどこの一週間、幸成から放たれていたよそよしさは消え失せた。受け入れられたのだということを、焔は本能で感じ取っていた。

『あの気持ち悪いヤツも、なんか前より弱々しくなってるよな』

家鳴の言う通りだった。幸成に張り付く影が、このところ大人しい。

「そうなんだよね。夜も様子を見てるだけで、襲わなくなったし」

『それはお前がいるからだろ。いくら馬鹿でも、多少は学ん、』

唐突に家鳴は口を噤んだ。焔は家鳴の視線を追って、はっと息を飲む。幸成が消えた廊下の角から、件の影がぼうっとこちらを見ていた。あまりにも気配が小さくて気が付かなかった。

『……なんであいつが残ってるんだ』

「分からない」

こんなことは初めてだ。脅威は感じないものの、気味は悪い。

『埒《らち》があかないから、ターゲット変えてきたんじゃないのか』

「それならいいけど」

幸成へ張り付かれているより、ずっといい。

『全然よくねぇよ』

突然、不機嫌そうな声と共に、屋根の上からバサバサと音が降りてきた。鴉だ。

家鳴が膝の上からひょいと降りて、焔の後ろへと身を隠す。

鴉の真っ黒な体躯は、地面へと着地すると同時に人間の姿へと変わる。褐色《かっしょく》の肌をしたスーツ姿の青年が、土足のまま縁側へと上がりこんだ。

「鴉！」

責める声を無視して、鴉は焔の胸倉を掴んだ。鋭い目が、焔を睨みつける。ひどく怒っているようだった。

「深入りするなって、俺は言ったよな」

「やめろよ、鴉。苦しい」

「もう、限界まできてるぞ」

鴉は焔の胸倉を掴んだまま、外へと引っ張り出そうとする。

「ちょ、ちょっと！」

足があたり、積み上げてあった洗濯物が崩れた。

『お、おい』

家鳴が慌てて焔の足へとしがみ付こうとするものの、失敗してころりと転がった。

ずるずると身体が引き摺《ず》られ、靴下のまま土を踏む。焔は足を踏ん張り、あらん限りの力で鴉の手を振り払った。

「やめろってば！」

ぱしんと鋭い音が響いて、胸元が開放される。焔は敵を威嚇するように鴉と対峙《たいじ》した。

「いきなりなんなんだよ！　どこに連れてこうって言うんだ!?」

「どこでもいい！　ここ以外ならな！」

かっと頭に血が上る。

「ふざけるなよ！」

ここは焔の家だ。この家以外に、行く場所なんてない。

「それはこっちの台詞だ！」

しかし、鴉も焔に負けない勢いで怒鳴り返してくる。

「もうお遊びは終わりだ！　家族ごっこなら、充分楽しんだだろうがっ」

「ごっこじゃない！」

どうしてそんな酷いことを言うのか。鴉はいつもそうだ。焔のことを馬鹿にして、見下して、邪魔ばかりする。

相手を威嚇する特有の鋭い音が、喉から漏れる。怒りで変化が解けてしまいそうだ。

今にも飛び掛りそうな焔を前に、鴉は苦しげに眉根を寄せた。

「……頼むから……」

鴉の顔からは、怒りが消えている。

「……鴉？」

「俺は、土地神に属するアヤカシだ」

「そんなことは知ってるよ」

「俺は、中立でなきゃならない。アヤカシ同士の争いには、介入できないんだ」

焔は眉根を寄せる。なにを言っているのかと、言いはしなかったが、鴉には伝わったようだった。

「いざとなっても、助けてやれねぇんだよ‼」

鴉が顔を上げ、もどかしげに怒鳴る。これほど余裕の感じられない鴉を見るのは、初めてだった。

風が頬を撫で、思考に冷静さが戻ってくる。

「……助けてもらおうなんて、思ってないよ」

鴉には、関係のない話だ。

「そもそも、今のあいつに俺が負けるとは思えないし」

焔は、相変わらず廊下の端でぼうっとこちらを見つめている影を振り返った。鴉が苦しげな顔のまま呻く。

「今は、だろうが。呪いってのは宿主の精神状態に依存するんだ。いつどうなるかなんて、俺にも分からない。突然爆《は》ぜることだってあるんだぞ！」

「だったら余計に、ここを離れるなんて冗談じゃないよ」

「どうしてそこまであの人間に拘《こだわ》る!?」

「好きだから」

落ち着いた口調で言い返す。鴉が、怯んだような顔になった。その隙を突いて、続ける。

「大好きだからだよ。俺には、幸成しかいない」

出会った頃に芽生えた感情は、恋心にまで膨れ上がっている。昔は幸成が一番大切だったが、今はもう幸成しか大切じゃない。他のなにを犠牲にしても、幸成さえ傍にいればいい。

鴉は苦しげに眉根を寄せた。

「……どうして……。あの人間が、お前になにをしたっていうんだ」

焔は思わず笑い出しそうになる。

幸成が自分にしてくれたこと。単純なことだ。

「手を伸ばして、名前をくれたんだよ」

「そんなこと」

鴉が呟く。

「そんなこと？　違う。それが、全部だ」

焔が遠い昔に忘れ去ってしまった、温もりと、名前。

幸成に拾われたあの日、焔は長い長い孤独から救われた。幸成がこの胸に灯《とも》してくれた炎が、今の焔を形作っている。

鴉の目がかっと見開いた。

「いい加減にしろ！」

長い腕が伸びてきて、再び強引に焔を捕らえる。

「あいつは人間で、お前はアヤカシなんだぞ！」

「言われなくても分かってる！」

肩を掴んだ手を振り払おうと足掻くが、鴉の力は想像以上に強かった。

「分かってない！　人間が最後に選ぶのは人間だ。お前の正体を知れば、あいつはお前を捨てる！」

鴉の顔は、恐ろしいほどに真剣だった。

「俺は、人間に捨てられたアヤカシを実際に見たことがあるんだ！」

驚きに、抵抗する力が抜ける。

「人間に、……捨てられたアヤカシ？」

「強くて賢いアヤカシだった。皆、そいつのことを慕っていた」

眉間に、苦しげな皺が寄る。皆なんて具体性のない誰かじゃない。きっと、慕っていたのは鴉自身だったのだろう。

「そいつが人間に入れ込んだ時、俺は何度もやめておけと言った。でもそいつは聞く耳を持たなかった。突っ走って、無様に捨てられたんだ」

「……そのアヤカシは、どうしてるんだ」

「暗闇に一人で引き籠もったまま、もう何十年も姿を現さない。このままだと、お前も同じことになる」

駄目押しをするように強く言い切る鴉の瞳は、確信に満ちていた。

勢いに飲まれた焔は、言い返すことができない。足元では、家鳴がどうしたらいいのかと右往《う》左往《おうさおう》している。

「焔？」

ふいに、幸成の声がした。

「なにしてるんだ」

玄関先に、本を抱えた幸成が立っている。焔を掴む鴉の手を見て眉間に皺を寄せ、大股で近づいてきた。

ぐいと腕を掴まれ、幸成に引き寄せられる。鴉の手は驚くほどあっさりと離れた。

「なんだ、アンタ」

眉を顰めた幸成に、負けじと鴉も睨み返す。

「お前には関係ない。俺は、そいつに用があって来たんだ」

「俺には、アンタが無理やり焔を連れて行こうとしてるように見えたけど」

幸成の視線は焔の汚れた靴下をちらりと掠め、すぐに鴉へと戻った。

「……まさか、アンタのせいなんじゃないだろうな」

声が低くなっている。

「なにが俺のせいだって？　お前がなにを知ってるっていうんだ？」

鴉は挑発するように鼻で笑う。

「こいつ、前に変な怪我をしてた。アンタのせいだとしたら、」

幸成が皆まで言う前に、鴉の表情からせせら笑いが消えた。

「ふざけんなよ、このクソガキ……！」

「幸成!!」

焔は慌てて幸成を抱き締めた。怒気に当てまいと胸に庇《かば》い、鴉を睨みつける。

「帰れよ、鴉。お前の言うことは聞けない。俺のことは、放っておいてくれ」

鴉が痛みを堪えるような顔になった。しかし、それ以上食い下がることはなく、くるりと背を向ける。

「できるなら、そうしてる」

ぼそりと漏れた呟きを、焔はあえて拾わなかった。

鴉はこちらを振り返ることなく、門扉の向こうへと消えた。

「焔、苦しい」

胸元から、呻くような声がする。

「ご、ごめん！」

思いの外、腕に力が入っていたらしい。焔は慌てて幸成を解放した。

「幸成、どうしたの？　なにか忘れ物？」

「図書カード」

幸成は鴉の去った門扉の方を見つめながら、おざなりな口調で答えた。

「それより、なんだあのいけ好かない男」

遠慮のない口ぶりに、思わず噴き出してしまう。

「ごめん。鴉は、昔からあんな感じなんだ」

「鴉？　変な名前だな。……昔からって、長い付き合いなのか」

「そうだね」

遡《さかのぼ》ればもう、二十年ほどになるだろうか。焔の最も古い知り合いと言って過言ではない。二十年も変わらず犬猿《けんえん》の仲だ。鴉と猫は、元々相性が良くない。顔を合わせれば威嚇し合う羽目になることを知っているのに、鴉はなぜか焔に構おうとする。

「まさか」

なにかを言いかけて、幸成が黙り込んだ。

「なに？」

「いや」

「気になるよ。なに？」

首を傾げて覗き込むと、幸成は暫く逡巡《しゅんじゅん》してから、呻くような声で尋ねた。

「……昔の男、とかじゃないだろうな」

焔は驚きに目を丸くした。

「ない！　絶対に、ないよっ！」

思わず声が大きくなる。

笑えない冗談だ。そんなこと、天地がひっくり返ってもありえない。鴉が聞いたら、同じように答えて冷笑するだろう。

「俺が好きなのは、幸成だけだよ」

今度は幸成が不意を打たれたように瞠目する。

「そ、うか」

「そうだよ」

深く頷く。幸成は気まずげに視線を逸らした。耳元が、微かに赤い。

「可愛い」

心の声が、思わず漏れた。

「なっ」

幸成が、益々困ったような顔になる。

焔は甘えるように幸成の肩口に顔を擦り付けた。

「……幸成、だけだよ……」

そう、幸成だけだ。

だから、鴉がなんと言おうと、焔の気持ちは変わらない。人間に捨てられたアヤカシの話は気になるが、人間がアヤカシを選ばないと言うのなら、自分の正体を隠し続けるまでだ。

「焔？　どうした？」

「大好きだよ」

そっと囁くと、幸成が押し黙る。

『おーい。俺のこと、忘れてないかー』

家鳴がぴょんぴょんと跳ねて足に纏わり付いたが、黙殺した。

顔を覗き込むようにして、そっと唇を寄せる。幸成は心配するように眉根を寄せながらも、拒絶することはなかった。

三章

1

居間の扉が開く。家事を終えた焔が、両手を擦りながら、本を読んでいた幸成の横に滑り込んできた。炬燵《こたつ》布団の中に手を入れて擦っている。

「うー、寒いっ」

藤代家の居間には一週間ほど前から炬燵が鎮座《ちんざ》している。炬燵に足を突っ込んで幸成の横でゴロゴロするのが、焔のお気に入りのようだった。

「なんだか雪でも降りそうな空だよね」

窓の外を窺う目は憂鬱《ゆううつ》そうだ。

「嫌なのか？」

「寒いのは得意じゃないなぁ」

肩を擦り付けるようにして寄せてきた焔が、幸成の手元を覗き込んだ。

「なに読んでるの？　呪術、大全……？　なんだか胡散臭《うさんくさ》いタイトルだね」

「内容も、負けず劣らず胡散臭い」

ここ二週間ほど、町の小さな図書館でこの手の本を借りては返すということを繰り返している。図書館員には、よほどのオカルト好きだと思われているだろう。

パラパラとページを捲《めく》る。梵字《ぼんじ》の書かれた護符の絵や祈祷《きとう》の作法に、幸成は溜息を吐いた。まるで眉唾物《まゆつば》だ。人を呪うのに、フィクションめいた呪文や小道具など必要ないことを、幸成は身を持って知っている。それでも目を通してしまうのは、どこかにヒントが隠れていやしないかと期待するからだ。自分に取り憑いている呪いを消滅させるためのヒントが。

「なにを調べてるの？」

「……なにってことも、ないけどな」

曖昧《あいまい》に答えて、本を閉じる。

焔には、抱えていた事情のほとんどを話してしまった。母親のことも、日笠との関係も、自分がなにをしてきたのかも。

けれど、呪い殺した相手の恨みが積もり積もって自分に振りかかっていることだけは、言っていない。解決策の見当たらない今の状況では、話したところで無駄に心配させるだけだ。心配性な焔のことだ。気を揉んで四六時中一緒にいると言い出しかねない。

霞んだ目を擦るふりをして眼鏡を外し、そっと部屋の隅を窺う。黒々とした影は、相変わらずずぼんやりこちらを見ていた。知らず知らずのうちに溜息が漏れる。

「幸成？」

「なんでもない」

眼鏡を掛け直し、ごろりと転がる。焔も真似《まね》るようにして横になった。すりすりと頭を肩に擦り付けてくる。まるで猫だ。

そう、猫。

「……焔さ、真っ白で赤い目の猫知らないか」

ぴたりと焔の動きが止まった。

「……どうして？」

「前に見かけたんだ」

以前、一度だけ出会った野良猫。忘れられない。それは、かつて幸成が拾いヒボエと名づけた猫に似ているからであり、そして、毎晩見る夢に出てくる猫に似ているからでもあった。

この家にやってきてから、ずっと同じ夢を見ている。迫り来る影から、白猫が守ってくれる夢だ。魘されて目覚めることも、目覚めてから絶望に沈むこともなくなった。

もう一度、あの白猫に会いたい。眉唾物の本を読むよりもずっと、なにかが分かるのではないかという気がしてならない。

この二週間、図書館に通う道中で探してはいるのだが、ちらりと見かけることさえなかった。

「……なぁ。野良猫って、冬はどうしてるんだろうな」

「寒さを凌げる場所で固まって過ごしてることが多いよ」

「凍死したりしないのか」

「そういうこともあるよね」

妙にあっさりした言い方だった。

過ごすうちに知ったことだが、焔には極端な面がある。好意的なものにはとことん肩入れするが、そうでないものには驚くほど淡白なのだ。時々、落差に付いていけなくなる。

「会いたい？」

焔が上体を起こして、じっと幸成を見下ろした。

「え？」

「幸成は、その白猫に会いたい？」

「そうだな。……似てるんだ。俺が昔、大好きだった友達に」

鳶《とび》色の瞳が、大切なものを愛《め》でるように細くなる。切なさを含む表情に、幸成の心臓がひとつ大きく跳ねた。

「……焔？」

「川沿いを真っ直ぐ行くと鉄橋があるよね。たまに、あの下に野良猫がいるのを見るよ。幸成が探してる猫も、もしかしたらいるかもしれない」

思わず身体を起こす。

「本当か」

焔はにこりと笑った。妙に確信に満ちた笑みだった。

「きっとね」

居ても立ってもいられず立ち上がる。

「ちょっと、見てくる。焔も来るか？」

いつもならば十中八九、まるで犬が主人に尾を振るようにしてついてくる焔は、けれど困ったような顔で首を振った。

「やめておくよ」

まるで言い訳をするように、「ほら、寒いしね」と、慌てて付け加える。違和感を持ちながらも、幸成は一人で外に出た。

空には雲が掛かっており、昼間だというのに薄暗い。川沿いに出ると、一層風が冷たくなった。

焔が教えてくれた鉄橋までは十五分もかからない。図書館への通り道でもあり、すでに何度も通りかかっているが、今まで猫の姿など見たことはなかった。本当にいるだろうか。いたところで、幸成の探す白猫である可能性は限りなく低いだろう。

期待しすぎないようにと己を諌《いさ》めながら土手を下りる。時おり思い出したように車が通るだけの鉄橋の下には、驚いたことに白猫の姿があった。それも、あの白猫だ。

「……お前」

驚きに足を止める。赤い瞳でじっと幸成を見つめる猫は、小走りでこちらに駆け寄ってきたかと思うと、足に頭を擦り付けてきた。ぐるぐると低く喉を鳴らしている。屈んで耳の後ろを撫でてやると、喉の音はさらに大きくなった。

「会いたいと思ってたんだ」

知っているとでも言うように、ニャアと小さな鳴き声が応える。

「お前に似た猫の夢を見るんだ。あれ、お前なのか?」

猫は黙って喉を鳴らす。

「……俺、抗《あらが》ってみようと思ってるんだ」

己を覆いつくそうとしている、恨みの塊から。

「できる気がするんだ。たぶん、……独りじゃないから」

犯した罪ごと受け入れて、一緒にいてくれるという人がいる。それは幸成にとって驚きであり、救いでもあった。

昔から、ひとりぼっちには慣れていた。友達はいないことが当たり前で、唯一できた友達であるヒボエとも、引越しによって離れ離れになってしまった。夜の仕事をしていた母親とは擦れ違いが多く、家でも一人の時間がほとんどだった。しばらくして母親は夜の仕事をやめたものの、数年後、自ら命を絶った。

それからは、ずっと独りだった。だから、ひとりぼっちには慣れていた。

けれど、平気だったわけではない。

本当は、誰よりも独りが嫌いだった。

いつも、温もりを欲していた。特に日笠の仕事を請《う》けた日には、どうしても他人の温かさを求めずにはいられなかった。勢いをつけるために強くもない酒を飲み、誰でもいいからと手を伸ばした。アルコールと快楽だけが逃げ場の日々が続いて、そうして終わっていくのだと諦めていた。

焔が現れなければ、想像した通りになっていただろう。

犯した罪の重さを考えれば、抗うことなんて許されないのかもしれない。この世にアヤカシが在るのなら、きっと神仏も存在するだろう。今、一時だけ報いから逃れたとして、別の形で罰が下るのかもしれない。

それでもいい。焔の腕に抱かれて安堵を覚えた、あの瞬間に、そう思った。それでもいいから、少しでも長くこの温もりを感じていたいと。

「俺は、恋とか愛とかよく分からないんだ。誰かから好かれるなんて、考えたこともなかったから」

好きだ好きだと焔に繰り返されても、どこかピンときていなかった。明確な言葉も好意も、幸成の現実からはあまりにかけ離れていて、理解できなかった。

「でも、今は少し違うっていうか」

日笠がやってきたあの日、幸成の中で全てが変わった。

求婚めいた言葉は、驚くほど真っ直ぐ幸成の胸に届いた。温かい腕に、泣き出したいほどの安堵を覚えた。

「もっと一緒にいたいと思うんだ」

柔らかい笑顔や声を、ずっと傍で感じていたい。

「それが好きってことなら、俺はたぶん、あいつのことを、……たぶん、すごく好きになってるんだ」

だから、自分のために、そしてなにより焔のために、状況を変えたい。

いつの間にか、心地よさを訴える喉の音は消えていた。透き通るような瞳が、じっと幸成を見上げている。驚いているようにも見えた。なぜか突然恥ずかしくなり、幸成はガリガリと頭をかく。

「なに言ってるんだろうな、俺」

猫は再び頭をぐりぐりと擦り付けてきた。鳴き声が先ほどよりずっと甘い。請われるままに、再び頭を撫でてやる。

「いや、だからさ。もし夢のあれがお前なら、礼が言いたかったんだ」

ただの野良猫に、そんな力があるとは到底考えられない。幸成を守る義理もないだろう。それなのに、なぜかこの猫に違いないと思う自分がいる。思いたいだけなのかもしれないが。

「ありがとな」

幸成は白い毛を梳《す》き続け、猫もぴたりと幸成から離れない。川の上を通り流れてくる風は冷たかったが、ちっとも気にならなかった。

「……お前、本当にヒボエにそっくりだな」

母親に連れられて引越しを余儀《よぎ》なくされた時、幸成が一番に考えたのはヒボエのことだった。できることなら一緒に連れて行きたかったが、母親に許してもらえなかった。

藤代家によく出入りするようになっていたとはいえ、ヒボエは野良猫だった。猫は縄張りで生きる。環境の変化は、小さな身体に大きな負担を与えるだろう。母ひとり子ひとりの生活では、飼い猫として飼う余裕もない。

そう諭《さと》されてしまえば、幸成は悲しみを抑え込んで従うことしかできなかった。

家を出て行った朝。居間で新聞を読んでいた敬三は、母親の別れの言葉にちらりとも振り返らなかった。

――おじいちゃん、お願い。

返事はないと知っていて、幸成は岩のような背中に懇願した。

――ヒボエが来たら、優しくしてあげて。

それが、敬三に向けた最後の言葉だ。すっかり忘れていたが、今はあの時の感情まではっきりと思い出すことができる。必死だった。

幸成が出て行ったことを知らず藤代家にやってきたヒボエに、敬三は少しでも優しくしてくれたのだろうか。今となっては、知る術もない。

野良猫と寄り添い、時間がゆったりと流れていく。二、三十分ほどそうしていただろうか。

「藤代⁉」

突然、驚いたような大きな声が後ろから飛んできた。

土手の上からこちらを見下ろしていた人影が、慌てた様子で斜面を駆け下りてくる。体格のいい青年だ。人相がはっきりと分かる距離になって、幸成ははっと驚いた。

するりと猫から手を離して立ち上がる。

「……横井……」

自然と、唇が動いた。

駆け寄ってきた青年には、額からこめかみにかけて大きな傷がある。かつて幸成がつけた傷だ。精悍《せいかん》な顔に、幼い頃の面影が重なる。

「やっぱり」

小学生の頃、幸成の前では常に仏頂面《ぶっちょうづら》だった顔には笑みが浮かんでいる。

「帰ってきてるらしいとは聞いてたけど、本当だったんだな」

まるで喜ばしい再会だと言わんばかりに、口調も明るい。

「……聞いてたって、誰に」

「母親。田舎は噂《うわさ》の回りが早いからな。祖父さんの養子と、一緒にいるんだって？」

「まぁな」

知らない場所で自分の話が勝手に広まっているのは、あまりいい気分とは言えなかった。しかも、横井の意図が見えない。自分に対して好意を持っているはずのない人間だ。どうしてこうも親しげに話しかけてくるのか。

幸成の戸惑いと警戒心を表すかのように、足元の猫がピリリとした空気を纏っていた。

「祖父さん、残念だったな」

「……まぁな」

「いつまでこっちにいるんだ？　今、なにやってる？」

「別に、なにってこともない」

正直に答えただけだったが、横井は幸成が会話を拒否したように感じたようだった。怯んだように、表情を曇らせる。

「大学辞めて帰ってきたんだ。だから本当に、なにもやってない。家でのんびりしてるだけだ」

沈黙を避ける意味で付け加えると、横井の表情が微かに晴れた。

「そ、そうか。たまに帰って来ると、ほっとするだろ？」

同意する義理は感じなかったが、曖昧に頷いておく。

「横井は？　地元に残ってたんだな」

「ああ。俺も、まだ学生だ。暢気《のんき》に過ごしてるよ」

「学生って、この辺りに大学なんてないだろ？」

首を傾げた幸成に横井が告げたのは、県内で最も偏差値の高い国立大学だった。この町からは、少なくとも片道二時間以上かかる。

「通ってるのか？」

「ああ。うち、父親が単身赴任でいないからさ。姉貴も結婚しちまったし、母親を一人だけ残して家出るってのも心配で」

ずいぶんと孝行息子のようだ。小学生の頃のガキ大将姿からは想像もできない。

足元で猫が鳴く。帰ろうと言われているように感じたのは、幸成が帰りたいと思っているからだろう。

横井も、それ以上は話が続かないようで、気まずげな顔になる。

「じゃあ」

またな、と続くはずだった社交辞令を、「今度」と強い口調が遮った。

「今度、飲みにでも行かないか」

予想外の誘いに、すぐに返すことができなかった。

「飲みにって、……俺とお前が？」

横井はぶんぶんと首を縦に振る。

「嫌か？」

「嫌っていうか」

「俺、お前が帰ってきたって聞いて、謝らなきゃって思ってたんだ。でも、お前の家にまで行く勇気はなくて」

がばりと横井の頭が下がる。

「ごめん……！」

幸成は驚きに目を瞠《みは》った。

「え？」

「小学校の時。……お前はなにも悪くなかったのに、俺が勝手に気味悪がって、苛めて……」

横井の無骨な指が傷跡の残る額を押さえる。

「あの時、俺は片手に筆箱を持ってた。その中にあった定規かなにかが掠めただけだって親にも先生にも言われたのに、根拠もなくお前のせいだって決め付けて……。今考えたら、なんでそんな風に決め付けたのか、自分でも分からないんだ」

「やめてくれよ」

幼い横井が感じたことの方が正しい。頭を下げられても、幸成はただ罪悪感を刺激されるだけだ。

しかし横井は譲らない。

「今度、時間作ってもらえないか。ちゃんと謝りたい。話もしたい。俺ずっと、昔の卑怯《ひきょう》だった自分が嫌で嫌でしかたなかったんだ。だから償いたいとかそんなんじゃなくて、完全に自分のためなんだけど、俺」

横井は一瞬言いよどんでから、はっきりと告げた。

「藤代と友達になりたいんだ」

ニャアニャアと、猫の鳴き声が大きくなる。幸成が立ち竦んだままでいると、焦《じ》れたようにジーンズの裾《すそ》を噛んだ。

幸成はふいと横井から視線を逸らす。

子供の頃苛められていた記憶は、頭の奥底に残っている。けれど、それが心の傷になっているかと問われれば否だ。幸成を締め付けるのは、横井を傷つけたということのみだった。たった一つのその出来事が、その後のもっと酷い未来へと繋がっている。

大人になった横井は己の罪悪感と真っ直ぐ向き合えるようになったのかもしれない。でも、幸成はまだ横井の到達した場所まで行けていない。横井を傷つけたことによって幸成に落ちた影は、今なお幸成に染みついたまま離れておらず、横井にとっての過去は、幸成にとっての現在だ。

成長した横井の姿は、今やっと抗うことを決めた幸成にとって、あまりに眩しかった。それに、

「友達って、」

よく分からない。幸成の友達はヒボエだけだった。今さら、新たな友人関係を築くなんて、想像したこともない。

「やっぱり、駄目か？　……調子よすぎるよな」

「そうじゃない」

猫は、鳴き続けている。

「悪い。とりあえず、今日は帰る。また、連絡するから」

まだなにか言い縋ろうとする横井を背に、その場を後にする。

幸い、横井はしつこく追ってくることはなく、幸成も一度も振り返らなかった。ずっと足元にいたはずの猫は、気が付くと見当たらなくなっていた。その頃になってやっと、横井に連絡する術などないことに気が付く。

思わず、溜息が零れた。

なにをやっているのか。せっかく、念願が叶って捜していた白猫に会えたというのに。

とぼとぼと家に向かって歩く。

ヒボエそっくりな白猫。あの猫と一緒にいると、頭の隅に引っ掛かりを覚える。なにか大事なことに気が付けそうな気がするのだ。それが、夢の理由に繋がるのかもしれないと思うのに、結局なにも分からないままだった。

「幸成！」

呼ばれて、顔を上げる。

門扉の前に、焔が立っていた。いつの間にか、家の前まで帰って来たらしい。

焔は待ちきれない様子で、こちらに駆け寄ってくる。いったいいつから待っていたのだろうか。鼻の頭が赤かった。

「おかえり」と抱き締めるのは、いつものことだ。帰ってきた最初の日にそうされてから、習慣化してしまった。ただ、いつもと違い焔の腕は冷たかった。

「どうした？　なにかあったのか」

わざわざ寒空の下で待っていた理由を尋ねても、焔は首を横に振るばかりだった。ぎゅうぎゅうと幸成を抱き締めたまま、なかなか放そうとしない。

「焔？　どうした？」

「幸成。俺のこと、好き？」

どきりとした。しつこいほどに好きだと言われることはあっても、好きかと問われることは初めてだった。

「なんだよ、いきなり」

焔の瞳が、心の奥を見透かすようにじっとこちらを窺う。真っ直ぐな目だ。

「俺と一緒にいてくれるんだよね？　俺は、幸成のたった一人の家族だよね？」

なにかを恐れている、あるいは、心配しているのだろうか。声に余裕がない。落ち着けと肩を摩《さす》ってやるが、焔の表情は晴れなかった。

「あの人は幸成と同じだけど、でもそれだけだ」

「あの人？　同じ？　なんの話をしてるんだ？」

焔は問いに答えない。

「だから俺、鴉の話なんて……」

「鴉？　あの男に、なにか言われたのか」

やはり、問いに答えは返ってこなかった。焔は再び腕に力を込めて、額をぐりぐりと肩口に押し付けてくる。

「幸成のこと一番考えてるのは、俺だよ。俺が一番幸成のことを好きなんだ。突然降ったように現れる他人なんかじゃない。そんな人に幸成は渡さない」

駄々っ子のような仕草を咎めることもできず、幸成はそっと焔の耳朶《じだ》に囁きかけた。

「そんなこと分かってる。お前ほど俺のこと想ってくれてるやつはいない」

ほんの少しだけ腕の力は緩んだが、焔は顔を上げない。

「誰も、近づかなければ、……俺に幸成だけみたいに、幸成にも俺だけならいいのに」

首筋にかかる吐息を、驚くほど熱く感じた。

焔が願うまでもなく、今の幸成には焔しかいない。好きだと応えてやれば、焔の感じている不安を少しでも和らげてやれるだろうか。

幸成は唇を噛む。今は、言ってやれない。幸成に積もった恨みの塊は、今この瞬間も傍《かたわ》らにいるだろう。過去に犯した過ちの影を取り除けない限り、無責任に想いを口にすることはできない。

焔が顔を上げる。今にも泣き出しそうな瞳が、幸成を見つめた。

「キスしていい?」

せがむように問われ、自分でも驚くほどにあっさりと頷く。

唇が重なる。それだけでなく、ぬるりとした舌が歯列を割って口内を犯した。熱く、苦しい。まるで、食べられているようだった。

2

どんよりとした曇天《どんてん》が三日続いたかと思うと、四日目にはついに雪が降った。朝から降り続いた雪は、あっという間に街を白く染め上げた。雪国にとっての雪は、本格的に冬へと突入した合図だ。大人たちは諦めの溜息を吐き、子供たちは心躍らせる。昔は幸成も子供らしくはしゃいだものだったが、今は大した感慨もない。それどころか、どんよりとした空は憂鬱にさえ感じる。

「綺麗だね」

炬燵机に頬杖を突いて窓の外を覗く焔は、幸成と違いどこか嬉しそうだ。

「寒いのは苦手なんだろ」

読んでいた民俗学の本を閉じながら尋ねる。焔は「うん」と頷いた。

「でも雪は綺麗だから、こうやって温かい部屋で眺めてるのは嫌いじゃないな」

窓は下の二センチほどが雪で埋まっている。庭は一面真っ白だ。なにもかもが白く覆われた景色の中、一瞬だけ黒い鳥が通りがかったような気がした。鴉だろうか。

無意識に考えただけだったが、同時に以前焔と一緒にいた男を思い出してしまった。鴉と呼ばれていた不思議な男。焔になにか迫っているようだった。何者なのか。あれから折を見て何度か焔に尋ねてみたが、いつも返事は曖昧なものだった。

なんでもないよ、気にしないで。

気にするなと言われても、気になるものは気になるのだ。焔に構うなと拒絶されたあの男は、苦しそうな顔をしていた。真っ黒な瞳に映し出されていた苦悩には、はっきりとした情があった。焔は気づいていないのだろうか。

「あ」

焔が、頬杖を崩す。

「どうした」

「醤油が終わっちゃったんだった」

「……ああ。そういえば頼まれたのに、うやむやになってたな。悪い」

ちょうど鴉が来た日だ。図書館の帰りに買ってくると引き受けたのに、あの日は結局、図書館には行かなかった。

「幸成は悪くないって。この前、スーパーに行ったくせにすっかり忘れてたんだ」

焔が「ちょっと、行ってくる」と立ち上がる。

「俺が行く」

「いいよ。走って行ってくるから、待ってて」

「寒いの嫌いなんだろ」

「幸成に寒い思いさせるよりマシだよ」

「でも」

焔は家事の全てをこなしている。対して、幸成はひがな本を片手にゴロゴロしているだけだ。どう考えても自分が行くべきだろうに、焔は頑として譲ろうとしない。

「お願い。もうすぐ日暮れだし、雪で足元が危ないから」

こうなった焔が折れないだろうことは、もう知っている。幸成はしぶしぶ頷いた。

「足元が危ないのは、お前も同じなんだからな。あんまり急ぎ過ぎるなよ」

「うん。じゃあ、行ってくるね」

焔はコートを羽織り、幸成の忠告など聞いていなかったかのように急いた足取りで家を出て行ってしまった。

しかし、焔が出て行って十分もしないうちに、玄関の引き戸がガラガラと音を立てた。

さすがに早すぎる。財布でも忘れたのだろうか。

「焔？　どうし、」

玄関まで出て行ったところで、幸成は息を飲んだ。

「よぉ」

そこにいたのは——

「……日笠さん」

「久しぶりだなぁ、幸成」

日笠は確かに日笠だったが、その姿は以前とは随分様変わりしていた。

常にきっちりと整えていた頭髪は乱れ、血色の良かった顔は青白く染まって頬も痩《こ》けている。

目の周辺は窪《くぼ》み、息が荒かった。

「……どう、したんですか」

「どうしたもこうしたもないさ」

日笠は笑う。対峙する者に生理的嫌悪を抱かせる笑みだ。にやりと弧を描く不自然に赤い口は、幸成に張り付く影にそっくりだった。

「失敗したよ。下手な拝み屋なんか頼ったものだから、返されてしまった」

黒光りする目はまるで両生類のようで、同じ言葉を話しているはずなのに意志の疎通ができていないような気がしてくる。

「お前がおかしな気を起こさなければ、こんなことにはならなかった。なぁ、いったいなにが不満だった？　全部、お前のいいようにしてやったろう」

問いかけていながら、答えなど期待していない様子だった。

じり、と一歩近づいてくる。

「帰って来い」

節くれだった手が伸びてくる。不気味さに、幸成は後退《あとずさ》った。

「……俺には無理だと、言ったはずです」

二歩、三歩と後退する幸成を追い詰めるように、日笠は土足のまま框《かまち》を上がった。ブツブツと、口の中でなにかを繰り返している。口角には白い唾が溜まっていた。

「断りもなくこの家に帰ってきたことは謝ります。でも、本当にもう俺には無理なんです」

焔の与えてくれる穏やかな日々は、少しずつ幸成を癒《いや》してくれる。以前の荒《すさ》みきった生活に戻ることは考えられない。たとえ、どんな見返りがあったとしてもだ。

ぎょろりとした目に、突然、知性が戻った。

「無理じゃないだろう？　だってお前は生きてるじゃないか」

はは、と笑う口元は汚い。

「幸恵のように死んだら終わりだがな」

カッと頭に血が上る。

「母さんを馬鹿にするな！」

「馬鹿になんてしてないさ。幸恵には、感謝してるぐらいだ。最後に逃げさえしなければ、あいつの願いを聞いてやってもよかったのになぁ」

「……願い？」

この男に、なにを願ったと言うのか。

「藤代焔だったか？　藤代敬三が養子にした男。あいつと、随分と仲がいいようだ」

下卑《げび》た声が続ける。

「外でイチャつくのはやめた方がいいぞ。俺みたいなのに嗅ぎつけられたら終わりだ」

「……なんの、話ですか」

ころころと変わる話についていくことができない。

ただ、この場に焔がいなくてよかったと、それだけは胸を撫で下ろしていた。今の日笠は、なにをしでかすか分からない。

「幸恵は、掘り出し物だった。あんな便利な女を偶然見つけた自分の運の良さに、俺は今でも感謝してるんだ」

「便利って、……アンタ……」

「子供のためにせっせと働いて、真面目な女だったよなぁ。そんな真面目な女が、なんで俺に言われるままに人を殺したと思う？」

日笠の笑みがじわりと深くなった。顔中に皺が広がる。

「脅したんだよ。俺の人脈を使えば、お前の息子なんてどうとでもできるって」

ざわり、と背中が震えた。

「同じことを言ってやるよ、幸成」

母親は、自ら日笠に援助を頼んだのではなく、幸成を人質に取られていたというのか。

背を伝った震えが、全身を侵していく。

「俺の人脈を使えば、あの焔とかいう男一人、どうとでもなるんだ」

「……日笠……！」

身体が自然と動いた。日笠のシャツを掴んで、首元を締め上げる。日笠は苦しそうにするどころか、喜色を滲《にじ》ませた。

「あの女はなぁ、お前のことで脅せばなんでも言うことを聞いたんだ。股を開かせるのも面白いくらい簡単だった。悲壮感てのは、女を引き立てるよなぁ」

怒りで目の前が真っ赤に染まる。もうなにも聞きたくないのに、感覚が冴え渡って、日笠の声が脳の奥底まで響いた。

「いつも、お前だけは同じ道に引きずり込まないでくれと泣いてたよ。縛るのは自分の人生だけにしてくれって、土下座までしてな。哀れな女だ」

「……日笠ァ……！」

憎い。憎くてたまらない。腹の中で膨れ上がった憎悪が全身を満たす。胸が焼かれるように熱い。

日笠の身体を引き倒す。

「死ね！」

死ね死ねと繰り返して首を絞める。蛙の潰れるような声に重なって、高笑いが響いた。

「うるさい！　死ね……！」

瞬間、赤かった視界が黒く塗り潰された。パリンと、どこか遠くで硝子《ガラス》の割れたような音がする。

憎い。

——憎い。憎い。

いつも夢の中で聞いていたおどろおどろしい声が、己の声と重なる。全身が憎悪で満たされて、身体のうちからなにかどろどろとした生き物が這い出てくるような感覚に、幸成は笑った。

いや、幸成ではない。笑っているのは、影だ。

——やっと、捕まえた。

嬉しそうな声を聞いた瞬間、幸成の意識はぷつりと途切れた。

3

目の前に見慣れた木目の天井がある。無意識に身体を起こすとあちこちが痛み、幸成は思わず声を漏らした。

「……つっ」

怪我をしている様子はないが、全身がだるい。それでも、なんとかベッドから立ち上がる。窓の外は暗く、周囲は不自然なほど静かだ。時計を確認すると、十時を回っていた。

「……なにが、」

あったのだったたか。

そう、日笠が来たのだ。

母親をいいように利用した男。何十回、何百回殺しても殺し足りない、万死に値する薄汚い男。あいつは、どこに行ったのか。

気だるい身体を鼓舞して部屋を出る。

廊下が氷のように冷たい。家は静まり返っており、部屋も廊下も、明かりがひとつも灯っていない。それは、玄関も同じだった。

日笠はいない。扉はきちんと閉められている。

夢を見たのだろうかと記憶を探り、そんなはずはないと首を振る。あれは、現実だった。怒りで赤く染まった視界も、日笠の首の肉を押し潰す感触も、よく覚えている。

「……焔？　いないのか？」

あの時、自分は確かに玄関にいた。誰かがベッドへ運んでくれたのならば、焔しかいないだろう。

見慣れた明るい笑顔を捜して、暗い家の中を彷徨《さまよ》う。けれど、どこを捜しても焔の姿は見当たらない。こんな時間に出かけているのだろうか。

少し周辺を探してみようと、上着を手に玄関に戻った。

暗がりで足にスニーカーを引っ掛けて踏み出すと同時に、ガチャリと足元で音がした。なにか割れ物を踏んだらしい。慌てて電気を点ける。土間には、レンズの割れた眼鏡が寂しげに転がっていた。慣れ親しんだ、自分の眼鏡だ。

その時初めて、自分が裸眼であることに気がついた。幸成はぐるりと周囲を見渡す。相変わらず、しん、としている。

半分飛び出すようにして、外へ出る。暗い道路には人っ子一人見当たらず、等間隔に設置された街頭が、ぼんやりと白い地面を照らしている。雪はいつの間にか止んでいた。

いない。この時間であればそこら中を跋扈《ばっこ》しているはずのアヤカシが、一匹たりとも見当たらない。それどころか、常に自分に張り付いていた影も見当たらない。闇と静けさばかりが広がる、不自然なほどに穏やかな夜だった。

なにがあったのか。焔はどこにいるのか。

混乱のまま、夜道を歩く。白く覆われた世界。まるで自分だけが取り残されたような錯覚を覚えて、ぞっと背筋が凍る。

「……焔？」

白い息と共に吐き出された声は震えていた。

「焔……！」

今度は大きな声で呼ぶ。望む返事は、得られなかった。その代わり、

「近所迷惑だ」

横から水を差すように声を掛けられ、幸成ははっと振り返る。電柱に寄りかかるようにして、男が立っていた。黒いスーツに身を包んだ、褐色の肌の男。まるで夜がそのまま人の形を取っているようだ。鴉。焔にそう呼ばれていた。

「静かな夜だろう」

「……そう、だな」

幸成が浅く頷くと、鴉は端正な顔を歪ませた。

「それが、お前達にとっては普通の夜だ。よかったな」

意味が分からない。確かに、静かな夜だ。不自然なほどに。けれど、今はそれよりずっと、気になることがあった。

「アンタ、焔を見かけなかったか」

鴉は答えず、皮肉げに口角を吊り上げた。

「こんな時間に家にいないなんて、初めてなんだ。連絡もない」

自分の説明する声が、焦燥感を煽った。

本当に、どうしてしまったのだろう。いったい、どこにいるのか。さすがに、スーパーに行っただけではないだろうことは明白だ。

「なにか、……あったのかもしれない」

幸成の焦りが滲む言葉に、鴉の眉がぴくりと動いた。

「なにかあったのかもしれない？」

鴉がサクサクと雪を踏みしめ、幸成に近づいた。

「ふざけるなよ……！」

怒声が夜のしじまに響く。幸成は瞠目した。

「お前のせいで、あいつがどれだけ傷ついたと思ってるんだ!?」

「あいつって、焔のことか？　傷ついたってどういうことだ？」

鴉が幸成の胸倉を掴む。

「なにも知りませんてか。それで済むと思うなよ、クソったれ！」

瞳が怒りに燃えていた。

「ぶっ殺してやりてぇけどな、やらねぇよ。ここからが、お前への報いだ」

「……報い？」

「せいぜい後悔して泣き喚《わめ》け。今さら気が付いたって、全部手遅れだ」

向けられた怒りの理由は分からないものの、嫌な予感がした。

「……アンタ、なにを知ってるんだ？」

鴉が鼻で笑う。幸成は、反射的に鴉の胸元を掴み返した。

「焔はどこにいるんだ!?」

鴉は余裕の表情を崩さない。

「どこにいるかなんて、お前には関係ないな。どこにいたところで、お前たちはもう一生、会えない」

会えない？　焔に？

「……どういうことだ」

「どうもこうもない。嘘だと思うなら気が済むまで探してみろよ。お前がどんなにみっともなく探し回っても、焔は絶対に現れない」

不安が破裂しそうなほどに膨れ上がり、心臓が痛いほど鼓動する。

「あいつは一途にお前を慕ってたぜ。お前があいつを、ヒボエって呼んだ、ただそれだけのことでな」

「……ヒボエ……？」

呆然と繰り返す。鴉は不快げに眉を寄せた。

「どれだけ鈍いんだよ。それとも、わざとなのか？」

宿敵を射るような視線が、幸成に突き刺さる。

「焔は、お前が気まぐれに可愛がって捨てていった化け猫だ」

どんと身体を乱暴に突き放された。咄嗟にバランスを取ることができず、尻餅をつく。

ニャァと、か細い声が脳裏に響く。

ヒボエと呼ぶたびに、頭を擦り付けてきた白猫。互いに、たった一人の友達だった。大好きで、大好きで、ずっと一緒にいたいと思っていた。同じことを、いつしか焔にも感じていたのに。

「……焔……」

爪が、冷たい雪を掻く。

自分を飲み込んでいった黒い影、無様に叫《さけ》びながら逃げていった日笠の背中。そして、

――さよ、なら。

白い猫が、苦しげにこちらを見ていた。抗うことをやめ、自分の命を幸成の指に託し。

「……指？」

幸成は掌に目を落とす。そう、この手、この指が、焔を――

「焔！」

幸成は立ち上がり、どこへともなく駆け出した。

思い出した、全て。

鴉が激昂するのも当然だ。なにかあった、どころの話ではない。とんでもないことがあったのだ。とんでもないことを、してしまったのだ。

「焔！　焔……！」

焔の名前を呼んで走る。「どうしたの」と困ったような顔で現れることを期待して。

会えないなんて嘘だ。一緒にいると言ったのだ。ずっと一緒にいると、何度も言っていた。

雪に足を取られ、ずるりと転ぶ。したたかに膝を打ったが、幸成は再び立ち上がり焔を呼んだ。通り過ぎた民家から、なにごとかと人が顔を出す。

焔、焔。

喉が嗄《か》れるほど叫んでも答える者はなく、どこまでも続く夜のしじまが悲鳴にも似た幸成の声を吸い込んでいった。

四章

1

嫌な予感がした。全身の毛が逆立って、頭の底で警報が響く。こんなことは、初めてだった。買い物袋を放り出して走り出す。

早く早くと駆けているうちに、自然と身体はアヤカシに戻っていた。暗くなり始めた道を、ひたすらに走る。民家を通り抜け、裏道を駆けた。すぐに、川沿いへと出る。

真っ直ぐ続く道の向こうから、人影がひとつこちらに向かってくる。それが幸成だと気が付いて、焔はほっと息を吐いた。夜目が利く自分とは違って、幸成からこちらは分からないだろう。人間へと姿を戻し、幸成へと駆け寄る。

「幸成！」

しかし、あと数十メートルというところで、足が自然と止まった。様子が変だ。

幸成はふらふらと覚束《おぼつか》ない足取りでゆっくりと近づいてくる。確かに、幸成だ。けれど、纏う空気がまるで違う。

焔が躊躇っているうちに、幸成はどんどんとこちらに向かってくる。互いの表情が確認できるほどの距離になった時、俯いていた幸成がふいに顔を上げた。

『焔ァ』

地を這うような声音。もちろん、幸成のものではない。これは、

『焔ァア』

焔が毎夜戦ってきた、呪詛の塊だ。黒く禍々《まがまが》しいものが、幸成を形取っているのか。いや、違う。

焔は息を飲む。

「……幸成」

地を蹴り、ふらふらと漂うように歩く身体に掴み掛かった。

「幸成！」

これは、幸成の身体だ。

焔の声に、呼応するように幸成の表情が歪んだ。卑屈めいた、厭な顔だった。

「お前、幸成になにをした!?」

威嚇するように唸り声が混じる。攻撃しようにも、手が出せない。焔の焦りを嘲笑うような、不愉快な笑い声が響く。

「お前、――っ」

怒鳴りつけようとした寸前、幸成の手が伸びてきて焔の首を掴んだ。そのまま、押し倒されるようにして身体が冷たい雪に叩きつけられる。焔は本能的に相手の身体を押しやろうと手を

伸ばした。もつれ合うようにして二人の身体は土手を転がり落ち、川に落ちる数メートル手前でやっと止まった。

幸成が焔に馬乗りになる。首を掴む両手には僅かの躊躇いもなく力が込められた。

「ぐっ」

捕まれた場所から支配されていくような感覚に、全身がぞわりと震えた。

「放、せ」

もちろん、大人しく解放してくれるはずもない。それどころか、力はさらに強まった。電流が走ったように、全身が痙攣《けいれん》する。生理的な恐怖に、じわりと目頭が熱くなった。

喘《あえ》ぎ苦しむ顔を見て、影はヒヒヒと、幸成の声で笑う。

『こいつが大事なら、死んじまえ。お前が死ねば、俺はもうこいつに付き纏わない』

「どういう、こと、だよ」

『どういうことだろうなァ、どういうことだろうなァ』

まるで馬鹿にしている。けれど、嘘を吐くなら尤《もっと》もらしい理由まで付けるはずだ。

『嘘じゃない』

心を読み取ったように、低い声が告げる。

『俺はお前を殺せれば、それでいい』

幸成の手は、ぐいぐいと焔の首を絞める。呼吸を押し潰されるよりも、触れた場所からじわじわと身体を侵蝕されていく感覚の方が恐ろしかった。抗う術がない。

『死ねよォ。それで、全部終わりだ。お前の大事な幸成は、俺から解放されるんだ』

勝てない。

野生の勘が嫌というほど告げている。

「本当に、……幸成に、手は出さない、んだな」

『出さないさァ』

「……もし嘘だったら、今度は俺が、お前を呪い殺すぞ」

死んだ人間の魂が、生きた人間を呪っている。だとすればきっと無力な自分でも、死ねばそれくらいのことはできるだろう。腐ってもアヤカシなのだから。

『そんなことにはならない。だって俺は、お前を殺したら消えるんだからさァ』

獲物を前に喜色に彩られた口調には、不思議と嘘は感じられなかった。

全身を支配していた恐怖が、すとん、と身体の奥底に落ちた。手を伸ばしても拾うことのできないような、奈落《ならく》の底まで。

焔はぎゅっと口角を上げる。できるだけ、穏やかに笑えているといい。

「……分かった」

『………』

幸成の目が、こちらを窺うように細くなる。焔はもう一度、「分かった」と掠れた声で応える。

幸成のためならなんでもできると言った言葉は、嘘ではない。

一層甲高い笑い声が辺りに響く。

『分かった？　分かったってェ？』

焔は身体の力を抜いた。

耳朶に、楽しそうな笑い声が響く。

『死ねよォ』

腹の奥底からまるで腸を引きずり出されるように、ずるずると力が奪われていく。冷たい雪に横たわっているのに、身体は信じられないほどに熱を上げていく。

気が付くと、人の形を保つことさえできなくなっていた。白い雪に横たわる白い身体。このまま埋もれて死ぬのか。

終わりを悟った本能が、生き残りたいと必死に暴れ続けている。のた打ち回る本能を、焔は気力の限りで押さえつけた。

幸成の顔はますます嬉しそうに歪む。

ごめんねと、心の中で囁く。

敬三の残した家で共に暮らしたくて、幸成を連れて帰ってきた。ずっと一緒にいるつもりだった。幸成が年老いて、敬三のように眠りに付く瞬間まで。まさか、アヤカシである自分の方がこれほど早くに終わりを迎えるなんて、考えもしなかった。

意識が遠のく。

『さよ、なら』

呟きと同時に、最後の吐息が漏れた。ふっと意識が暗闇に落ちたかと思った、その瞬間——

『ぐっ』

呻き声が聞こえた。

突として、焔の喉にひゅっと空気が通る。身体を押さえ込んでいた重みが消え、まるで獣のような咆哮《ほうこう》が耳を劈《つんざ》いた。

『……な、に』

霞む視界の向こうで、幸成が苦しんでいる。頭を抱えてもがく身体を、黒い靄が包み込んだ。靄は霧が広がるように大きくなったかと思うとずるずる凝縮し、人の形となった。黒い手が幸成を引き倒し、焔にしたのと同じように首を締め付ける。

『や、め……』

幸成に触るなと言いたいのに声が出ない。

幸成と黒い影が重なり合う。互いに首を絞め合っているようだった。呻き声は、どちらのものか分からない。

『ゆき、な、り』

身体を起こそうとするが、まるで重いものにに押しつぶされたように動けない。手を伸ばそうにも、届かない。涙が溢れる。

どうして、肝心な時にこれほど非力なのだろうか。幸成を守ることのできない自分など、なんの価値もないというのに。

『幸、成……！』

精一杯叫んだつもりの声は、風に吹き飛ばされてしまいそうなほど小さかった。しかし、その小さな声に、幸成が反応した。

「あああああっ！」

叫び声をあげ、幸成が影を引き倒す。今度は幸成が影の上に身体を乗り上げ、力いっぱい首を押さえつけていた。陸に打ち上げられた魚のようにビクビクと影が全身を痙攣させる。

「死ぬのは、お前だ！」

幸成が叫んでいる。

「消えろ！　消えろよ……!!」

髪を振り乱し、苦しみもがくような顔で、懸命に力を振り絞っている。手助けしてやりたいのに、どうしても身体が動かない。

『ひどい、ひどいよォ』

子供が泣き喚くような声がした。

『悪いのはお前じゃないかァ』

幸成が微かに躊躇する。しかし手を放すことはしなかった。

「……ごめん」

幸成が振り絞るようにして謝った。ぽろりと、目から涙が零れる。透明な雫は頬から顎へ伝い、影へと落ちた。

影がもがくことをやめる。

『ひどいよォ、ひどいよォ』

声が次第に小さくなっていく。

「ごめんなさい」

一層、幸成の手に力が籠もる。責める声は聞こえないほどになり、やがて影は靄のようにふわふわと形を崩して空気の中に霧散した。

幸成は肩を落とし、涙を零し続けている。

頬を拭ってやりたい。幸成はなにも悪くないと抱きしめてやりたい。

焔の願いを聞き取ったように、幸成が振り返る。しかし、その瞳は焔を捕らえることはせず、ふらふらと周辺をさ迷った。

「ほむ、ら？」

呟き、どさりと雪の中に幸成が倒れこむ。

『幸、成……！』

身体を起こそうとするが、やはり腕一本を上げることさえ叶わない。幸成は倒れたきり動かなくなってしまった。

誰か、誰でもいい。幸成を助けてください。

誰か、誰か。

ひたすらに、願う。すると、声にならない願いを天が聞き届けたかのように、頭上でバサバサと音がした。目の前に降り立ったのは、一羽の鴉だ。

鴉は、複雑そうな顔をしていた。

『だから、言っただろうが。関わりすぎるなって』

苦々しげな声に、焔は弱く笑ってみせる。

『……来てくれて、よかった。お願いがあるんだ』

『断る。どうせあの人間のことだろう。死んでもごめんだな』

鴉の黒い目が、じっと焔を見下ろしている。

『頼む、から……』

雪が冷たい。生身の身体を失った時のことを思い出した。幸成に、あんな思いはさせたくない。

『お前、卑怯だよな。こんな時だけ頼るなんて』

鴉は大仰な溜息を吐いた。

『この先あいつに関わらないって誓うなら、手を貸してやってもいい』

どうしてそんなに意地悪なのか。幸成に関わらないなんて、無理だ。いつだって焔の目は幸成を探し、声は幸成を呼ぶ。

首を振った。――つもりだったが、実際、頭はぴくりとも動かなかった。

『このままじゃ、あの人間は凍死か衰弱死だ。それでもいいのか』

『……俺のことなら、いくら嫌いでもいい。でも、』

幸成のことは、助けてほしい。声は続かなかったが、唇だけで訴える。

鴉は再び溜息を吐く。

『……お前を嫌いだって、誰が言ったよ』

そう言ったと同時に、真っ黒なスーツ姿の男が現れた。

「ったく。なんにも分かってねぇよな」

褐色の手が、焔を抱きかかえる。

『俺、より、幸成……』

「分かってる。運ぶくらいはしてやる」

焔は、やっとほんの少し安堵した。

『部屋を、温かくしてあげて。あと、』

「分かった。ちゃんとお前の気に入るように面倒みといてやるから、とりあえずもう喋《しゃべ》るな」

ありがとう、と唇を動かす。鴉はじっと焔を見下ろして、どこか切なげに瞳を細めた。

「お前は、ちょっと寝てろよ」

そう言って焔の目蓋をそっと閉じさせてくれた指は、まるで壊れ物を扱うかのように慎重で優しかった。

2

敬三は博識で寛容で、情の深い男だった。他人には決して隙を見せず、常に片意地を張って生きていたが、それは敬三が旧家の嫡男として成長していく過程で身に付けた処世術のようだった。生来の気質は穏やかで優しいのだろう。焔が近寄ると人の姿であろうと猫の姿であろうと、必ず頭を撫でてくれた。話には静かに耳を傾け、必ず相槌を挟んでくれた。

それまできちんとした話し相手を持たなかった焔は、色んなことを敬三に話した。とっくに他界してしまった母猫と兄弟たちのこと、野良猫時代の生活のこと、化け猫になってからのこと。そして、幸成のこと。

幸成がどんなに優しいか温かいか、自分がどんなに救われたか。話しても話しても伝えきれていない気がして、何度も同じ話をした。

お前は、本当に幸成のことが好きなんだなと、敬三が感心するように言ったのは、焔が敬三の養子となった日のことだった。

その頃の敬三はもうすでに病に倒れ、寝て過ごすことが多くなっていた。通いの医者は入院するようにと強く勧めたが、敬三は頑《がん》として最後まで首を縦に振らなかった。弁護士と部屋で話し込んでいることも多く、後で考えれば敬三は少しずつ自分の死に向けての準備をしていたに違いなかった。焔を養子にと言い出したのも、一環だったのだろう。けれど、人間界の決まりに疎い焔は、当時その意味を全く理解できていなかった。

――この書類の、焔っていうのが、俺の名前ってこと？

――そうだ。焔ってのは炎のことで、ヒボエと同じ意味だ。ヒボエじゃあ、人の名前としては不自然だからな。

――人の名前……。

敬三はベッドの中から手を伸ばし、焔の頭を撫でた。

――幸成は、お前にいい名前を付けた。この辺は寒いからな。ヒボエってのは、ありがたいものの象徴なんだ。

――ありがたいもの？

敬三の手に、微かに力が籠もる。

――お前に、人として生きることを強制するわけじゃない。嫌になったら、全て放り出しても構わない。

以前とは違う、痩せ細った腕が切なくて、焔はふるふると首を振った。

せっかく敬三がくれたものを、放り出したりしない。

——それを出せば、お前は私の息子だ。私の息子ということは、幸成の叔父ということだな。

つまり、お前は幸成の家族になったんだ。

——……家族？　本当に？

それは、はるか昔に焔が失ってしまった、他者との繋がりの名前だ。

幸成に拾われ、藤代家に出入りするようになってから焔の孤独は癒《い》えた。同時に、「お母さん」と幸恵に甘える幸成の姿を見て、どこまでも自分は独りなのかもしれないとも感じていた。理由もなくずっと一緒にいられる繋がりが羨ましかった。

——俺も、幸成の家族なんだ。

紙一枚のことだ。その上、肝心の幸成はこの場にいない。それでも、嬉しかった。見えない幸成と、繋がれたような気がして。

養子縁組の書類を大切に胸に抱きこんだ焔に、敬三は目を細めた。

——お前は、本当に幸成のことが好きなんだな。

——大好きだよ。

——会いたいか。

——会いたいよ。

当たり前だ。焔は幼い幸成しか知らない。ランドセルを背負っていた少年も、もう成人した頃だ。

どんな風に成長したのだろう。悲しげで、それでも芯《しん》が一本通った意志の強さが窺える横顔。焔が最初に惹かれたあの横顔は、今も変わらないだろうか。昔のように優しく身体を撫でてもらうことができたら、どんなに幸せだろう。

会いたい。

──でも、それは敬三も同じだって、俺は知ってるよ。

幸恵や幸成が知らなくても、焔だけは知っている。それが、敬三にとってほんの少しだけ救いになっていることも、焔は知っていた。

敬三は口元に微かな笑みを湛えたまま、困ったように眉根を寄せる。

──同じ気持ちの敬三が俺と一緒にいてくれるから、俺は全然大丈夫なんだよ。だから、死なないで。

続きは言わずとも察してくれたようだったが、敬三は頷いてはくれなかった。

──私の代わりが、その書類だ。

焔は胸に抱いた書類をぎゅっと強く掴む。

──これはただの紙だよ。敬三の代わりにはならない。

──紙はな。でも、繋がりは代わりになる。

敬三は焔の頭を軽くぽんぽんと叩いた。

――お前がいてくれてよかった。安心して、後を任せられる。人生の最後に、こんな幸運に恵まれるとは、思いもよらなかった。

柔和な口調で言われて、焔はなぜか泣きたくなった。

――焔。お前は、私の救いだ。

そう笑った僅か一カ月後に、敬三は息を引き取った。幸成を頼むと、言い残して。

＊＊＊

目覚めは唐突だった。視界に暗い天井が映ると同時に、意識を失う前の出来事が脳裏を満たす。

『幸成は!?』

焔は跳ね上がるようにして身体を起こした。

『……開口一番がそれかよ』

隣で寝ていたらしい鴉が、心底嫌そうに呻いた。

全身が泥を被ったように重かったが、焔は構わずに鴉に詰め寄る。

『あれからどうなったの？　幸成はどうしてる？』

鴉は青年に姿を変え、焔の首根っこを掴んで膝に乗せた。大人しくしろと頭を押さえつけられる。

「無事だ。生きてる」

生きている。その言葉に安堵する。焔が最後に見た幸成は、まるで死人のような顔で雪の上に倒れていた。

「あいつより自分の心配をしろよ。お前の力はほとんど食われちまったんだから」

鴉の言葉が頭の上を素通りしていった。

『……ここ、どこ』

焔は頭を押さえつけられたまま、瞳をぐるりと巡らせる。

古い木造の建物だ。部屋は暗くて狭い。窓はなく、天井の隙間から微かに光が漏れている。

「俺のねぐらだ」

本調子ではない身体を引き摺り、外に出る。

そこは、近所の神社だった。境内はそれほど広くはなく、袴姿の巫女《みこ》が溶けかけた雪を参道の端へと寄せている。日が西に沈み始めていた。

焔は巫女の前を横切り、赤い鳥居の外へと向かう。後ろから鴉が大きく羽ばたいて飛んできた。

『おい、どこに行くんだ』

『帰らないと』

家までは、急げば五分ほどだ。幸成に会いたかった。無事を確認して、抱き締めたい。守りきれなくてごめんと謝りたい。

階段を駆け下りる焔の進路を、鴉が塞いだ。

『無駄だ』

『なにが』

声が尖る。

幸成と自分を助けてくれたのは鴉だと分かっている。もちろん、感謝もしている。けれど、今ここで立ちはだかっている黒い身体は邪魔者にしか見えない。

『お前の力は、ほとんど食われたって言っただろう。今のお前は、剥き出しの魂みたいなもんなんだよ』

『……なに言ってるんだ』

『疑うなら、化けてみろよ。猫でも、人間でもいいから』

一歩も譲らない鴉の姿に、焔が折れた。

どちらにしても、幸成には人間の姿でなければ会えない。

猫にせよ人間にせよ、姿を形取るのに苦労した覚えはない。それは、化け猫になった瞬間から焔の身体に植え付けられていた、人を化かすための能力だった。手足を動かすこととそれほど変わりがない。ただ、化けた後の姿を想像すればいい。簡単なことだ。しかし、

『……あれ？』

いくら想像しても、焔の身体に変化はない。アヤカシのままだ。

『なに、……これ』

呆然と呟く焔を嘲笑うかのように、鴉が再びスーツ姿の青年に化けた。

「できないだろ。そういうことだよ」

『そういうことって、』

「アヤカシとしての力がなくなったってことだ。ギリギリのところで、存在だけ保ってる」

『……どうすれば、元に戻れるんだ』

鴉は肩を竦めた。

「無茶せずに力を蓄えれば、いずれは戻るだろ。何年掛かるか、知らないけどな」

『……そ、そんなに時間がかかるのか？』

じわじわと意味を理解する。遅れてやってきた動揺が、焔の声を震わせた。

「お前、アヤカシになるのに、何年憎悪を溜め込んだ？　十年以上だろ」

『じゅう、ねん……？』

アヤカシにとって、決して長い時間ではない。けれど、今の焔にはまるで永遠のように遠く響いた。

『……そんなの……』

言葉が出てこない。

鴉の目が、ほんの少しだけ穏やかになった。

「これからは、ここで暮らせ。ここは土地神の膝元だ。力も回復させやすい」

『だって、一緒にいるって言ったんだ』

「無理だな」

『そんなの、駄目だ』

「分からないヤツだな。物理的に無理なんだよ。お前がどんなに願ったって無駄なんだ」

日笠が家に訪れて幸成が弱音を吐いたあの日、一緒にいると言い切った焔に、幸成は安堵していた。あの時、焔は知ったのだ。自分だけではなく、幸成もまた孤独だったということを。

だからこそ、離れるわけにはいかない。

『俺、言う』

「言う？　誰に、なにを」

『俺が、……アヤカシだって、……幸成に言う……』

決して言うつもりはなかったが、他に方法がない。十年かけて力を蓄える。それまでは、アヤカシの姿で傍にいさせてくれと、頼み込むしかない。

幸成は、傷つくかもしれない。焔がかつて自分を苦しめた、今もなお苦しめている、人ならざる存在であることに。考えるだけで苦しくなる。人と違うことで追い詰められ涙を零しそうになっていた少年の頃の姿は、今もなお焔の脳裏にしっかりと焼き付いていた。

けれど、幸成は言ってくれたのだ。焔を、すごく好きになっているのだと。あの言葉を信じるのならば、幸成はアヤカシの焔だって受け入れてくれるかもしれない。

「それも無駄だな」

しかし、鴉が焔の決心を一蹴《いっしゅう》する。

「お前の力を奪った呪詛は、あいつの力と相殺で消えた。あいつはもうただの人間だ。お前が説明しようにも、お前の姿を見ることさえできねぇよ」

『な、に……？』

今にも泣きだしてしまいそうな少年の横顔が脳裏から掻き消え、代わりに真っ黒な闇と互いに首を締め合っていた幸成の姿が蘇る。

『無事だって言ったじゃないか！』

「生きてるんだから、無事だろうが。それどころか、余計な力まで消えて普通の人間になれたんだ。いいこと尽くめだろうが」

幸成が自分の力に苦しめられることは、もうない。それは、確かに朗報だ。この状況でなければ、焔だって喜ぶことができた。

『でも、そんなの……』

ぐっと奥歯を噛み締める。

このまま十年もの間、幸成と会うことができないというのか。

焔が一方的に傍にいることはいくらでも可能だろう。けれど、幸成は焔に気付かない。言葉を交わすこともできなければ、触れ合うこともできない。しかも、十年で済む保証もない。

『そんなの、嘘だ！』

焔は鴉の横をすり抜け、神社の階段を駆け下りる。風を切り、家へと急いだ。嘘だと言ってほしかった。他でもない、幸成に安心させてほしかった。

飛ぶように四肢を走らせ、住み慣れた家の中へ迷いなく駆け込む。

家の中は寒く、暗かった。明かりがひとつも点いていない。

探す姿は、すぐに見つかった。縁側の柱を背に、座り込んでいる。冷たい風が家の中に吹き込んでいるにも拘わらず、ガラス戸は開け放たれている。

『幸成！』

焔は叫びながら駆け寄る。幸成は、顔を伏せたままぴくりとも反応しなかった。

『幸成、俺だよ。焔だよ！』

声は悲しく響き、風に攫われていった。

『ねぇ、幸成。……こんなところにいたら、風邪引くよ……』

膝に前足を伸ばすが、するりとすり抜けてしまった。

『無駄だぜ』

障子の向こうから家鳴が顔を出す。

『俺も試しにうろうろしてみたんだが、全然反応しねぇ。思い立ったようにお前のこと捜し回っちゃあ、こうやって沈んでる。ずっとだ』

普段は飄々《ひょうひょう》とした顔が、珍しく沈んでいた。

『俺がいなくなって、どのくらい経ってる？』

『一週間だ。だいたいの事情は鴉の野郎から聞いてる』

声が気遣うように小さくなる。

『大変だったな』

家鳴は幸成を見上げた。

『こいつも散々な状態だぜ。見てられねぇよ』

せめて、部屋に入ってもらいたい。戸を閉めて暖房をつけ、温まってもらいたい。そんなことさえ、今の自分には伝えられないのか。

遠くから羽ばたく音が響いてくる。少しして、洗濯竿の上に鴉が降り立った。初めて、幸成がぴくりと反応する。緩慢な動作で首を持ち上げ、鴉を見上げた。いつもかけていた眼鏡はなく、目の下には隈《くま》ができている。

「……なぁ。お前、焔を……、ヒボエを知らないか」

声は、ひどく掠れていた。

「赤い瞳の、……白猫だ」

鴉は鋭利な目で幸成を睥睨《へいげい》していた。

「教えてくれよ。焔はどこに行ったんだ」

幸成の表情が歪む。

「誰か、教えてくれよ。頼むから」

絞り出されるような苦しげな声だった。心臓が千切れるように痛い。幸成を守ると誓った自分が、幸成を苦しめている。

『幸成。俺、ここにいるんだよ』

触れようとした前足は、先ほどと同じようにすり抜けてしまう。

『……幸成……』

「なんでもするから、返してくれよ」

なんでもする。それは自分の台詞だ。幸成にそんなことを言わせたかったわけじゃない。

『無駄だって分かっただろ』

鴉が焔に視線を向ける。

『俺は最初から言ってただろうが。家族ごっこなんて馬鹿げてるって。人間は人間と一緒にいればいいいし、アヤカシはアヤカシと一緒にいればいい』

鴉の言うことは、きっと正しい。人間とアヤカシは、元々相容《あいい》れない生き物だ。お互い、見えている景色も生きている世界も違う。共存はできる。けれど、交わることはできない。肩を寄せ合って家族のように生きることがどれほど不自然か、誰に指摘されずとも分かっている。分かった上で、一緒にいたいと願ったのだ。

『……きっと、なにか解決策があるはずだ』

それこそ、なんでもしてみせる。

『ないな、そんなもんは』

黒い嘴《くちばし》が幸成を指した。

『悠長なこと言ってる間にそいつの寿命が尽きるぜ。人間なんて、百年も生きりゃ上等な部類なんだ』

『鴉が仕えてる神様に頼んだら、力を貸してくれないか』

神様というくらいだ。一介のアヤカシなどには想像もできない、万物を揺るがすような力を持っているのではないか。

けれど、鴉はあっさりと首を振る。

『無理だな。神様ってのは、この世を見守る存在のことだ。個々人の事情に心を砕いて手を貸すなんてことはしない。なにがあってもな』

『……そう、なんだ……』

焔は項垂《うなだ》れ、幸成に寄り掛かった。もちろん、本当に寄り掛かることなどできない。少しでも、触れているような気になりたくて、身体を寄せただけだ。家鳴が気の毒そうにこちらを見ている。

しばらく、沈黙が続いた。

日が沈みきり、辺りはもう暗い。寒さはますます増すばかりだが、幸成は一向に動く様子を見せない。身体はとっくに冷え切っているだろう。やっと幸成の心を侵食していた呪詛が消え去ったと言うのに、状況は一層悪くなっているようにしか見えない。

『そうか』

焔ははっと息を飲んだ。そう、呪詛だ。

『なんだよ』

鴉は夜の闇に紛れていたが、まだそこにいた。

『アヤカシを食えばいいんだ』

呪詛にされたことを、焔が別のアヤカシにすればいい。

『無理に決まってるだろ！』

鴉がばさりと羽を持ち上げた。

『逆にお前が食い殺されるだけだ！』

『じゃあ、人間にするよ』

アヤカシを相手にするよりは効率が悪いだろうが、できないことではない。どうしてそんな簡単なことに気が付かなかったのだろう。

『……なにを、言ってる？』

『なにをって、だから、人間を食べるんだよ。元々、君が教えてくれたんじゃないか』

人間を食い殺せばその分だけ力がつく。化け猫となったばかりの頃、鴉は確かにそう言った。

『お、おい』

動揺の声は家鳴のものだ。

『冷静になれよ』

『俺は、冷静だ』

むしろ今までにないほど、頭が冴えわたっている。解決策を見つけたことによって、次第に気持ちも落ち着いてきた。

『人間なんて食ったところで、溜まる力なんて知れたもんだ。下手したら、何百人と食い殺すことになるぞ』

『だから？』

時間はかかるだろうが、十年待つよりよっぽど手っ取り早く確実だ。

焔は立ち上がり、幸成に鼻先を寄せた。

『大丈夫だよ、幸成。俺、絶対に戻ってくるから』

焔は縁側から飛び降り、塀の外へと向かう。空には月が昇っていた。

人を襲うなら夜だ。幸成に出会うよりずっと前を思い出す。さすがに食ったことはないが、脅かすことならばよくしていた。同じような要領で襲えばいい。

『本気なのか』

再び、鴉が追ってきた。

『当たり前だろ』

焔は足を止めて睨み上げる。

『邪魔だから帰れよ』

鴉は頭上をぐるりと旋回し、民家の塀に降り立った。

『やめておけ。人を食って元に戻ったとして、あの人間になんて言うんだ』

『なにも言うわけないだろ』

自分に全く関係ない人間を幾人か呪い殺しただけで、幸成は罪悪感に苦しんでいた。自分もまた殺されても仕方がないと諦めていた。優しく善良な人なのだ。

それならば、焔も優しく善良なふりをしてみせる。どれほど醜《みにく》く汚い真似をしても、絶対に幸成の目には触れさせない。

『やめろよ。お前はそんなヤツじゃないだろ』

『俺がどんなヤツかなんて、鴉に分かるはずない』

『……そんなにあいつがいいのかよ』

愚問だ。もう、答える気にもならない。

『あいつじゃなきゃ、駄目なのかよ』

早く帰ってくれればいいのに。

焔は鴉を無視して歩き始める。一刻も早く、ターゲットを見つけなければ。

しかし鴉はなかなか諦めない。再び飛び上がったかと思うと、焔の進路に降り立った。

『手を伸ばして名前をくれたって言ってたな。それが、そんなにでかいことかよ』

どうやら、答えなければいつまでも同じようなことばかり聞き続けるようだ。

『大きいことだよ』

凛《りん》とした声で言い放つ。

『だってそれは、心をくれたってことだ』

鴉は、虚を衝かれたように黙り込んだ。

『もういいか？　俺、急ぐんだ』

鴉を横切り、再び走り出そうと前足を踏み出す。二歩、三歩と進んだところで、先ほどまでとは違う静かな声が追ってきた。

『……狐《きつね》のところに行ってみろよ』

『狐？』

焔は訝しげに振り返る。月を背負う鴉の顔は、よく見えなかった。

『俺と同じ土地神の眷属で、俺よりずっと長く生きてるアヤカシだ。力も知恵も、他のアヤカシとは比べ物にならない。人食いより効率のいい解決策を、あいつなら知ってるかもしれない』

『本当か⁉』

思わず鴉の傍に戻る。鴉はふわりと宙に浮き、塀の上へと戻った。

『ただ、もう何十年も前に引き籠もったままだ。簡単に顔を出すとも思えな』

『その狐は、どこにいるんだ』

皆まで言わせずに尋ねる。早く早くと急く焔とは反対に、鴉は躊躇っている様子だった。

『鴉、頼むよ』

幸成を託す時も同じ言葉を口にした。鴉はあからさまに嫌がっていたが、結局、幸成と焔を助けてくれた。いつもこちらを見下して突き放すようなことばかり口にする鴉が、本当はそれほど性悪でも冷淡でもないことを、焔は知っていた。だから、頼むと言われれば断れないことも、分かっている。

やがて鴉は、焔の思惑通り口を開いた。鴉の口にした場所に、焔は目を瞠る。

『……それって、』

『行きたいなら、案内してやるよ』

鴉はどこか悲しげに笑った。

五章

1

焔がいない。どこを捜しても、見つからない。

周囲の目も憚《はばか》らず捜し回ったせいで随分と目立ってしまったらしく、しまいには警察が家にやってきた。できることはなんでもするつもりで行方不明届けを出したが、警察に焔は見つけられないだろう。

もしかしたら、もうこの世に存在しないのかもしれない。そんな最悪の予想が何度も頭を過り、そのたびに打ち消す。生きていると信じなければ、立ち上がることさえできなくなってしまいそうだった。

焔のいなくなった家はあまりに広く静かだ。自分の呼吸音さえ耳について煩わしい。時おり、地震でもないのに棚やら梁《はり》やらが震える。家が古いせいなのか、あるいはアヤカシのせいなのか、幸成には判断が付かない。割れた眼鏡は、もう捨ててしまった。

敬三の部屋に入ろうと思い至ったのは、焔捜しに進展がないまま、数日経ってからのことだった。焔が自室として使っていた部屋だ。なにかしら残しているかもしれない。

そんな簡単なことに気が付かなかったなんて、思考が鈍くなっている証拠だ。

敬三の部屋に足を踏み入れるのは、初めてだった。

そっと、障子を開ける。八畳間には古い箪笥《たんす》と文机が置かれているだけだった。驚くほど簡素な部屋だ。唯一の収納である押入れを開ける。上段には布団が詰まれており、下段には本やら雑貨やらがきちんと整頓されてしまわれていた。どう見ても、焔のものではない。

幸成は、ぐるりと部屋を見渡す。そこにあるのは、期待した焔の残り香ではない。とっくに鬼籍に入った敬三の気配だ。今にも、障子の向こうから敬三がむっとした顔で「なにをしている」と現れそうだった。自分の想像に、小さく笑う。久しぶりに上がった口角は、ぎこちなく引き攣れた。

押入れの一番手前に、和紙で作られた箱があった。箱の上には、アルバムが置かれている。写真屋に行けば無料で貰えるような、薄いアルバムだ。

幸成は箱を押入れの中から引きだして、アルバムを手にする。

中には、若い母親と幼い幸成の写真が、数枚だけ並んでいた。運動会や遠足など、学校行事で撮ったものばかりだ。敬三が写っているものは一枚もない。

こんなものを、後生大事に持っていたのか。一番手前にしまっていたということは、取り出して眺めることもあったのだろう。昔よりずっと小さくなった敬三がアルバムを片手に黙り込んでいる姿を想像し、幸成はすぐに詮無《せん》い想像を打ち消した。

アルバムは避けておき、今度はアルバムの下にあった箱を開ける。

「なんだ、これ」

出てきたのは女性の画だった。紙が黄ばんでいて相当古く見えるものから、皺ひとつ付いておらず最近描かれたように見えるものまで、何枚もある。

中央に佇んでいるのは全て同じ女性だ。涼しげな目元に和服がよく似合っている。妖艶《ようえん》さと無垢さが入り混じった表情からは、年齢を見てとることができない。美しい女性であることは確かだが、同時に恐ろしくもあった。

「……誰だ……？」

見覚えはない。

ふいに、居間の方から電話の音が響いてきた。画《え》をそのままに、敬三の部屋を後にする。この家の電話が鳴ることなど、ほとんど皆無といっていい。思い当たる節と言えば、警察だけだった。

万に一つもないと分かっているのに、焔が見つかった報告の可能性はないだろうかと、甘えた期待をせずにはいられない。

真っ直ぐ居間に向かい、呼び出し音を響かせ続ける電話を手にする。

「はい。藤代です」

「あ」

受話器から聞こえたのは、若い女の声だった。

「その声、もしかして幸成くん？」

「……そうですが」

幸成は無意識に眉根を寄せた。幸成くん、なんて親しげに声を掛けてくる女になど、心当たりはない。

「よかった～。生きてたのね」

能天気な声に、今度は腹が立つ。なにもよくない。よくないことばかりだ。今ほど好ましくない状況もそうそうないほどに、最悪だ。

「どちら様ですか」

声は自然と地を這うように低くなる。

どう考えても、警察ではない。知り合いでもない。それならば、このやり取りは時間の無駄だ。

「えー、覚えてないの？　私だよ。小野原加奈」

「……小野原……？」

記憶のどこかに引っ掛かりを覚えるが、それがどこなのか判然としなかった。

「ひどいなぁ」

不満げな声音には笑みが含まれており、言葉ほど幸成のことを責めている様子はない。

「ブラウスのボタン、付け直しに千円も掛かっちゃったんだよ？」

言われた途端、ピンク色のブラウスが脳裏に浮かぶ。次いで、ブラウスを片手に頬を膨らませる、色気を纏った女の顔が。

ああ、と思わず声が漏れた。

「……思い出した」

「ほんと、ひどい。私は幸成くんのこと、ずっと気にしてたのに」

「どうして」

たった一夜を共にしただけの女が、わざわざ電話番号を調べて連絡を寄越した。その理由が、さっぱり分からない。

「幸成くんが、いつ飲み込まれてもおかしくないような状態だったからだよ」

「飲み込まれる？」

「べったり張り付かれてたでしょ？　夢の中でも、現実でも」

電話を握る手に力が入る。

「……アンタ」

思い返せば、小野原は最初から妙な女だった。やけに物知り顔で幸成に同情している様子で、発言は妙に的を射ていた。焔が現れた時も、確かこの女が幸成の背中を押したのだ。

「なにを知ってるんだ」

「うーん。なにをってこともないけど、幸成くんよりは、世間のことを知ってるかも？」

「……世間？」

「私ね、あなたと同業なの。いわゆる、拝み屋業ってやつね」

「拝み屋？」

「え。もしかしてそれさえ知らない？　幸成くんが日笠って男に囲われてやってたことだよ」

心臓が、大きく跳ねる。

「……俺がやってたことを知ってるのか」

「知ってるっていうか、だから、同業なの。幸恵さんのことも、知ってるよ」

幸成は黙り込んだ。話が見えない。

「えーっと、順を追って話すね。まず、他人を呪ったり祓《はら》ったりすることを仕事にしてる人間を、拝み屋っていうの」

「……祓うなんてことが、できるのか」

「そりゃできるわよ。じゃなきゃ、片手落ちじゃない。呪えるだけってすごく危険だしね。私達が最初に習うのは、祓う方だよ」

「習う？」

「そう。普通はね、習わないとできないことよ。アヤカシの存在を感じることのできるような感覚の鋭い人間が集まって訓練して、やっと拝み屋になるの。修験道みたいな厳しい修行をたくさんするのよ。修行を終えた人間は所属する会社を選んで、そこから仕事を貰う」

随分とシステマチックな話だ。

「予備校の講師じゃなかったのか？」

「それも嘘じゃないけど、世を忍ぶ仮の姿ってやつ？　私が働いてる予備校も、私が所属してる会社が経営してるの。そういう風にして、私たちも会社も一般社会に馴染んで生きてる」

自分と同じようなことをしている人間がいることは、日笠から聞いて知っていた。しかし、これほどまで体系だった形で世間に存在しているとは、考えもしなかった。疑問はいくらも浮かぶのに、思考はうまく追いつかない。

「私は、上に命令されてずっと藤代幸恵さんのことを監視してたの。直接、話したこともあるよ。幸成くんの写真見せてくれてね、自慢の息子だって言ってた」

驚きに、言葉を失う。

「うちの依頼人が殺されちゃったことがあってね、調べたら幸恵さんに行き着いたの。当時、うちの業界に激震が走ったんだよ。幸恵さんはあまりにも特殊すぎたから」

「特殊って、どういうことだ」

「普通は、対象を直接呪うことなんてできないんだよ。祝詞《のりと》とか火とか使ってめんどくさい手順を踏んでアヤカシを捕まえて、アヤカシに呪ってもらうの。祓うのも一緒」

「……本で、読んだことがある」

図書館で借りた書籍のいくつかに、似たようなことが書いてあった。まるで眉唾だと鼻で笑っていたが、そうではなかったのか。

「それ、うちの会社が出してる本かも。ある意味企業秘密だし、読み物として面白くしなきゃいけないから、フェイクもたくさん入れてあるんだけどね」

結局、図書館通いの日々に意味はなかったようだ。

「話を戻すけど、……私は、幸恵さんがうちの会社に入ればいいと思ってた。何回か、そういう話もしたんだよ。だけど、失敗しちゃった。日笠が嗅ぎつけて、上と交渉しちゃったの」

「……日笠が……」

母親を笑い蔑んだ、最低な男。ひいひいと逃げ帰る後ろ姿を見たのが最後だ。今頃、幸成の代わりを見つけているのだろうか。

「結局、幸恵さんのことは日笠が独占。その後は、……」

幸成も知っている通り、幸恵は死を選んだ。

「俺のことも、監視してたのか」

バーで声を掛けてきたのは、小野原の方だ。あまり覚えていないが、やけに親しげな様子で幸成の隣に座り、まるで当たり前のように一緒に飲んだ。

「あの日会ったのは偶然。日笠との交渉で、うちの会社は一切、藤代親子に関わらないってことになってたから」

ほんとだよと繰り返す声は、真摯だった。

「じゃあ、なんで俺に近づいたんだ」

「あんまり酷いもの張り付けてるから、放っておけなかった。本当は、祓ってあげるなり忠告してあげるなりしたかったんだけど、もう私の手には負えない感じだったんだよ。だから、猫ちゃんに託したの。彼なら、人間にはどうしようもないことも、なんとかしてくれるかもって」

玄関を開けた途端、抱き付いてきた焔。たった数ヶ月前のことが、ずっと昔に感じられる。

「最初から焔がアヤカシだって分かってたのか」

「これでもプロだからね。猫ちゃん、どうしてる？」

幸成の方が、誰かに答えてほしい問いだった。

小野原ならば、なにか分かるだろうか。

期待しすぎるなと自分に言い聞かせながら、幸成はことのあらましを話した。小野原はほとんど相槌さえ打たずに黙って聞き、最後に小さな溜息を吐いた。

「そっかぁ。猫ちゃん、頑張ってくれたんだね」

他人事《ひとごと》だろうに、声が優しい。

「少なくとも、死んではないと思うよ」

「……そう思うか？」

慰めではなく、本当に。

疑うつもりはなかったが、口調は強くなってしまった。

「アヤカシって、何百年何千年と生きるの。基本的な生命力が、人間とは比べ物にならないよ。呪いに飲み込まれてそのまま一緒に消滅しちゃったっていう可能性もなきにしもあらずだけど、幸成くんの記憶では、猫ちゃんは飲み込まれてなかったんでしょ？」

焔は白い身体を雪の中に横たえていた。微かに動いているのを確認して安堵したのが、あの時の最後の記憶だ。

「それならやっぱり、生きてるよ」

腹の底から、安堵の息が漏れた。自分で自分に言い聞かせるよりも、他人からの言葉の方が何倍も心強い。しかも、小野原は幸成よりよほど知識と経験がある。

「ただ、猫ちゃんがどんな事情で消えちゃったのかは、私もよく分からない。……もしかしたら、人間に化けるだけの力を失くしちゃったのかもしれない」

だとしたら、今の幸成に焔を捜す術《すべ》はない。以前のように、アヤカシを見ることさえできたら、どうとでもなるのにと、唇を噛む。厭い続けた能力を、これほど求める日がくるとは思わなかった。

「ねぇ。呪いがなんで幸成くん自身じゃなくて猫ちゃんを狙ったか分かる？」

「……え？」

唐突にも聞こえる問いに、幸成は首を傾げる。

言われてみればおかしな話だ。呪われていたのは自分なのに、なぜ焔に飛び火したのか。

「呪いってね、別にその人を殺すんじゃないんだよ。その人の、一番大事なものを奪うの」

すぐには、意味を理解することができなかった。言葉が脳に染み渡り、手から受話器が落ちかける。

「……俺が呪った相手は、皆、本人が死んだ……」

直接確認したことは一度もないが、日笠はそう言っていた。

「その人たちが一番大事なのは、自分自身だったってことでしょ。でも、幸恵さんはその人たちみたいに呪いに負けたんじゃないよ。呪いに飲み込まれた人間って、自死はしないから」

小野原の声が、一層優しくなった。

「大事なものが飲み込まれないようにしたかったんだと思うよ」

「…………っ」

ぐっと喉の奥が熱くなる。

母親の大事なもの。それはおそらく、自分以外にありえないだろう。

幸成を置いていくことを、どれほど悔やんだろうか。きっと最後の最後まで迷っていたに違いない。それでも死を選んだ。日笠に、幸成だけは巻き込まないでくれと言い残して。全て、幸成のためだ。

それなのに、当の自分は日笠に言われるがまま、跡を継いだのだ。母親が幸成には背負わせまいとした悲しみや苦しみを、自ら引き寄せた。

「最低だな」

「仕方ないと思うよ。幸恵さんも幸成くんも人がいいから。相手が悪人だって分かっても、騙されちゃうことだってあるよ」

日笠を信じて大金を託したという敬三を、馬鹿にはできない。結局、敬三も母親も幸成も利用されたのだ。日笠は、笑いが止まらなかっただろう。

「今日電話したのはね、その悪人の話がしたくて。ニュース見た？」

「ニュース？」

ここ数日、テレビをつけた覚えがない。新聞も、新聞受けに溜まっているはずだ。その辺りの小学生よりもずっと、幸成の方が世情に疎いだろう。

「なにかあったのか」

「昨日、日笠が死んだよ」

一瞬、頭の中が真っ白になった。

「朝のラッシュ時にね、線路に落ちて……。目撃者によると、狂ったみたいに笑いながら、なにかから逃げてたみたいよ」

「なにかから……？」

小野原はふっと微かに息を吐いた。

「私の仕事だったの。命まで取るつもりはなかったんだけど、あの人相当色んなところから恨まれてたから。呪いが積もり積もって、飲み込まれちゃったみたい。自業自得ってやつね」

口調に淀みはなく、まるで天気の話でもしているようだ。薄情というのではない。しかし、優しい声音の奥底に、突き放すような冷たさが潜んでいる。

「……日笠が、死んだ……」

ズタボロになった日笠が吐き捨てるように言った言葉の数々は、嫌でも忘れることができない。

あの時、本気で縊《くび》り殺してやるつもりだった。自分の中に生まれた殺意の塊を制御することができず、するつもりもなかった。死ねと、全身全霊で憎悪を叩きつけた。

その相手が、もういない。

もしかしたら、いや、もしかせずとも、日笠を殺した呪いの中に、幸成の想《のろ》いも込められていただろう。

すっと胸のすくような感覚は皆無だ。ああそうかと、単純に納得した。

「なにをしてどう生きたところでさ、結局は全部自分の責任だもの。幸成くんも幸成くんのお母さんも、日笠だってそうよ。私だってこんな仕事をしてる以上はいつか野たれ死ぬかもしれないけど、それは今じゃないし、その時まで好きなように好きな人たちと生きるつもり」

「……そうか」

でさ、と小野原の口調が跳ねた。

「その好きな人たちって中に、幸成くんは入りそうな気がしてるんだよね、私」

「なんだよそれ」

笑ってしまう。冗談であることは分かっていた。幸成を励まそうとしてくれているのだろう。わざと明るく振る舞っているのは明らかだった。

「えー、結構本気だよ。もう、こっちには帰ってこない感じなの？」

「ああ」

幸成は迷わず頷く。

「ここはじいさんが残してくれた家だし、俺が焔を連れ帰る家だから」

いつか焔が連れ帰ってくれたように。

電話を受ける前と状況はなにひとつ変わっていないのに、幸成の心は先ほどよりずっと晴れていた。

自分にできることはひとつだけだ。焔を、捜し続けるしかない。

「まぁ、その方がいいかもね」

幸成の声音が変わったことに気が付いたのだろう。小野原の口調も先ほどよりずっと自然に明るい。電話越しにも、微笑んでいるのが伝わってくるようだ。

「じゃあ、私がそっちに遊びに行こうかな。今はちょっと予備校の方が忙しくて無理だけど、四月になればマシになるし」

「こっちに？　どうして」

山に囲まれたド田舎だ。名所も観光地もない。記憶にある小野原は、これでもかというぐらい都会の似合う現代的な女だった。自然に囲まれている姿は、想像しづらい。

「どうしてそう冷たい反応するのかなぁ。幸成くんに会うために決まってるじゃない。ボタン付けにかかった千円返してもらわなきゃだし、猫ちゃんとも話してみたいし。あ、でも一回やきもち妬かせちゃってるんだよね……。私のことは嫌いかなぁ」

幸成はくつくつと喉を鳴らした。

「大丈夫だ。俺が間に入ってやるよ」

「うん。じゃあ、私がそっちに行くまでに、死ぬ気で猫ちゃん取り戻してね」

「分かってる」

電話の向こうで、誰かが小野原を呼ぶ声がした。

「悪いな、忙しいとこ」

「全然。こっちからかけたんだしね」

「……ありがとう」

「いいよ。その代わり、会った時にたくさん遊んでもらうから。じゃあね！」

向こうが切ったのを確認してから、幸成も受話器を戻した。そのままの体勢で息を吸い、ゆっくりと吐き出す。己の中に溜まった淀のような暗い感情を全て吐ききるまで、長く長く。

それが終わると、ぐるりと部屋を見渡した。天井の梁、テレビ台、棚、炬燵。

「なぁ」

どこへともなく声を掛ける。

「まだ、この家にいるか？」

この家に来たばかりの頃、小さな赤鬼のようなアヤカシを見た。まだ、この家に残っているだろうか。別のアヤカシでも構わない。声を拾ってくれる者がいることを信じて、再び「なぁ」と声を掛ける。

他の部屋に移動してもう一度試してみようかと思った時、掛け時計がガタガタと不自然に揺れた。

「いるのか」

また、時計が揺れる。

「頼みがあるんだ」

幸成は時計を願うように見上げる。

「あの鴉って男を、呼んできてくれないか」

幸成をあからさまに厭っていた様子のあの男が、大人しくやってくるとは限らない。やってきたところで、正直な話をしてくれるとも限らない。それでももう一度会わなくてはならない気がする。現状、幸成が焔のことを問い質《ただ》せるのは、あの男だけだ。

「こんなこと、一方的に頼んで悪い。でも、どうにかして焔を取り戻したいんだ」

再び時計が揺れる。今度は先ほどよりずっと長く。いつまで続くのだろうと思い始めた頃に、やっと揺れは収まった。

「……頼めるか」

反応はない。やはり無謀だっただろうか。

駄目なら駄目で、他の方法を考えなくてはならない。かといって、他に宛てもない。

十分ほどアヤカシの反応を待ったが、家の中はしんと静まり返ったままだった。仕方なく、敬三の部屋に戻る。

広げっ放しになっていた画を箱にしまいながら、「じいさん」と無意識に呟いた。

「どうすればいいと思う」

答えなど、あるはずもない。仮にこの場に敬三がいたとしても、黙殺されるか、「知るか」と一蹴されるかだ。敬三は、幸成にとってそういう男だった。

なぜ無駄と知りながら、助けなど求めているのだろうか。おかしくなって、思わず笑ってしまう。その時、玄関の引き戸が開く音がした。

幸成は慌てて玄関まで向かう。

「……アンタ」

そこにいたのは黒いスーツを身に纏った、あの褐色の肌の青年だった。

「俺を呼びつけるなんて、良い根性してるな」

来てくれた。脱力しそうになるが、心中で己を鼓舞する。気を抜いている場合じゃない。問題はここからだ。

「焔は生きてるんだな」

確信を含んだ単刀直入な問いに、鴉は驚いた様子もなく鼻で笑った。

「だったら、どうだって言うんだ」

「会いたい」

「無理だな」

どうしてと尋ねずとも、鴉は言葉を続けた。

「あいつはお前のせいで、アヤカシとしての力を失った。生きちゃいるが、それだけだ」

ぎくりと身が強張る。

「……弱ってるのか？」

「別に意識が戻らないとか、寝たきりになってるとか、そういうことはない。むしろ、一瞬たりともじっとしてないくらいだ」

無意識に、安堵の息が漏れた。

「元気にしてるんだな」

「元気ってより、必死になってるんだろ。もう一度、お前と暮らすために」

「なにか方法があるのか」

鴉は腕を組み、引き戸に背を預ける。

「知ってたところで、どうして俺が教えると思う」

「アンタがここに来て、こうして俺と向き合ってるからだ」

鴉の目に、以前のような蔑みや憎しみは感じない。ただ、幸成を見定めるようにじっと見つめている。事実、見定められているのだろう。

鴉は苦虫を嚙み潰したような顔になった。

「お前は、あいつを傷つける」

否定したくても、できる要素は皆無だ。それは幸成自身が痛いほどに身に染みている。

「それなのに、あいつはお前しかいないってそればっかりだ」

鴉は目を眇めた。

「俺は、あいつがまだ野良猫のガキだった頃から知ってる。ずっと見てたんだ。小さい身体で意地張ってしんどくても耐えて耐えて、真っ直ぐ前を見て生きてた。あいつを見てると苛々した。しんどいなら泣けばいい。誰か助けてくれって願えばいい。そしたら俺が」

声が、微かに震えた。

「俺が、助けてやったのに」

悔しそうに、顔が歪む。

焔と鴉が対峙しているところを見たのは、一度きりだ。鴉は眉を吊り上げ、不機嫌そうな様子だった。いつもあの調子なのだと、焔は言っていた。不器用にもほどがある。

不器用すぎて相手に好意が伝わらないという話は、最近聞いたばかりだ。

敬三も、陰では鴉と同じように、顔を歪ませ後悔していたのだろうか。自分のまったく写っていないアルバム片手に、思い出に浸ったりしていたのだろうか。

「お前に出会ってから、あいつはお前のことばっかりだ。俺は同じアヤカシで、お前よりよっぽどあいつを理解してやれるのに」

鴉の瞳に、険が宿る。

「お前なんか、呪詛に飲み込まれて消えちまえばよかったんだ」

腹は立たなかった。むしろ、謝りたいくらいだ。さすがにこの場面で謝るほど無神経ではないが。

「あいつが大事か」

「大事だ」

間髪容れずに答える。

「あいつがアヤカシでも?」

「大事だよ」

焔が人間でもアヤカシでも変わらない。むしろ、アヤカシでよかったとさえ思う。ただの人間だったならきっと、呪いに抵抗しきれず飲み込まれてしまっただろう。考えただけでゾッとする。

鴉は組んでいた腕を解き、一歩こちらに近づく。段差のせいで、睨み上げられる形になった。

「誓えよ」

ぐいと胸元を引き寄せられる。鼻先が触れそうになるほど近くで、褐色の顔が凄《すご》む。

「これから先どんな人間が現れても、あいつ以外を選ばないって、俺に誓え」

「誓う」

「嘘だったら、今度は俺がお前を呪い殺すぞ」

本気であることは、一目瞭然だった。幸成はゆっくりと頷く。

「好きにすればいい。焔が俺しかいないって言ってくれるように、俺にだって焔しかいない」

鴉は大きく舌打ちし、突き放すようにして幸成を解放した。

「本当は、あいつがお前のことなんて諦めればいいと今でも思ってるんだ、俺は。でも、とりあえず、今は諦めてやるよ。どうせ、人間の寿命なんてたかが知れてるからな。お前が死んだ後に、どうとでもしてやる」

「それは、助かる」

「はぁ？」

「焔を独りにしないで済む」

アヤカシの寿命は長いのだと、小野原が言っていた。幸成がどんなに焔と共にありたいと願っても、さすがに何百年も生きることはできない。後を任せる人間がいるなら安心だった。

鴉はどうやら、とてつもなく不器用だが悪い男ではない。焔のために奔走《ほんそう》し、焔のためを想って身を引きさえする。長いこと焔を見ていただけあって、簡単に心変わりもしないだろう。

「ふざけんな。俺は都合のいい安心材料じゃねぇぞ。クソッ」

頭をガリガリと掻いた後、鴉は不満をどうにかこうにか飲み込んだようだった。

「これ以上お前と話しても時間の無駄だ。いいか、よく聞けよ。あいつは狐のところだ」

「狐？」

「あいつを元に戻せるかもしれない、唯一のアヤカシだ」

「……どうやって戻すんだ」

「他にも方法はあるのかもしれないが、俺が思いつくのは従属関係を結ぶ方法だな。焔がその狐の眷属になれば、力を分け与えてもらうことができる」

「……狐の、居場所は？」

鴉の視線が、幸成の後ろへと流れる。視線の後を追うと、そこには『則天去私』の掛け軸があった。幸成が帰ってきた時からずっと、飾られているものだ。これがなんだというのか。

「藤代敬三の墓がある山だ」

「え？」

反射的に振り返る。

「狐の居場所だよ。焔は、二日前からあの山にいる」

聞くやいなや、幸成は冬の空の下へと飛び出した。

2

息が切れる。山中は解け残った雪で油断をすると足を取られる。すでに何度か転びかけていた。上着を身に付けないまま飛び出してきたにも拘わらず、顎から汗が伝い落ちた。空気は冷たく喉が痛い。吐く息は真っ白だ。

やがて、敬三の墓が見えた。

「もっと上だ」

後ろから付いて来た鴉が、大股で幸成を追い越して山道を登っていく。まるで疲れを知らないようだ。幸成も、緩みかけた歩調を戻し追いかけた。

「その狐が、焔を元に戻せる確率てのは、どのくらいなんだ」

「さぁな。でもここらでは最古参のアヤカシだ。あの引き籠もりに無理なら、誰にだって無理だろうよ」

「引き籠もり？　アヤカシでも引き籠もるのか」

「もう何十年もな。人間に捨てられて、アホみたいに拗ねてるんだ」

「人間に、……捨てられた？」

鴉はちらりと幸成を振り返り、鼻で笑う。

「詳しい話は本人に聞けよ。まぁ、今まで誰がどんなに声を掛けても、なんの反応も返ってこなかったけどな」

「……生きてるのか」

中で死んでいるのではないか。

「数十年で尽きるような半端な力の持ち主じゃねぇよ。生きてる」

鴉の声は確信に満ちていた。

「ったく。どいつもこいつも、俺の話なんか聞きもしないから、こんなことになるんだ」

忌々しげに言い捨てる。

「とにかく、死ぬ気で説得しろよ。じゃないと、焔があそこで喉を嗄らし続けるはめになる」

上に登れば登るほど、道らしい道はなくなっていった。草が生い茂り、けもの道とも言い難い様な場所を、鴉はどんどんと分け入っていく。

静かだ。草を押し分ける音と雪の上を踏み進む音だけが響いている。

うっそうとした中をしばらく進む。やがて、崖のように切り立った土の斜面が現れた。斜面の下部には大きな一枚岩が嵌め込まれるようにして聳《そび》えている。枯れた蔦《つた》が、岩肌をびっちりと覆っていた。

「おい」

鴉が声をかけた相手は、幸成ではなかった。

「連れて来てやったぞ、お前の幸成を」

視線は岩の前へと注がれている。

「うるせぇな。お前じゃ埒が明かないんだから、仕方ないだろうが。だいたい、こいつが俺を呼び出して連れて行けって言ったんだ。感謝されこそすれ、文句を言われる筋合いはない」

鴉が話しかける先は、もちろん幸成にはなにも見えない。

「焔、怒ってるのか」

「鬼みたいな形相だ。お前に見せてやれないのが残念で仕方ないな。……だから、うるせぇよ。文句なら、力戻してからこいつに言えって」

鴉は煩わし気に溜息を吐いた後、睨めつけるように岩を見上げた。

「おい、ババア！　いい加減にしろよ！」

張り上げられた声が、空まで響く。

「もう悲劇ごっこは充分満喫しただろうが！　死ぬまでそうやってるつもりか⁉」

怒声に、反応はない。

「おい」

鴉が振り返る。

「なんで俺に言わせるんだ。お前が言えよ」

「あ、ああ」

流れについていけなかった幸成は、それでもすっと息を吸う。冷たい空気が、身体中に浸み込んだ。

「あなたに頼みがあって来ました」

意図したよりずっと、大きな声が出た。

「お願いです。出て来ていただけませんか。俺、どうしても取り戻したいものがあるんです。あなたの力を、貸してほしい」

やはり応えはない。まるで、天岩戸《あまのいわと》のようだ。しかし、暢気に宴会をしてみたところで、こちらの岩戸は開きそうにもない。

鴉が眉間を引き攣らせる。

「出て来いよ‼」

怒声や怒号などという表現では生ぬるいほどの声だった。

「分かってるんだろ⁉こいつは幸恵のガキだ！」

なぜ母親の名前が出るのか。尋ねる前に、ずずず、と地面が揺れた。

「うわっ」

咄嗟のことに反応できず、転びかける。

横から鴉の手が伸びて来て、二の腕を痛いほどに掴まれた。みっともなく転ぶことは寸前で免《まぬが》れたが、乱暴に掴まれた腕が折れるのではないかと思うほどに痛む。

「——っ」

幸成の呻きなど気にする様子もない鴉は、ぐいと幸成の身体を引き上げるようにして立たせ、「ほら」と顎をしゃくって前方を指し示した。

「引き籠もりババアのお出ましだ」

「……何年経っても、お前の口の悪さは直りませんね」

凛とした声が響く。

幸成は瞠目した。

岩があったはずの場所に、白い着物姿の婦人が立っていた。見ようによっては少女のようにも老女のようにも見える、不思議な美しさを纏っている。きりっとした涼しげな目元は赤く縁どられており、結い上げられた黒髪は艶《つや》やかだった。

見たことがある。

敬三の部屋にあった画の女だ。

「お前が、幸恵の子ですか」

女の瞳が、幸成を捕えた。黒とも灰色ともつかない瞳には、感情を読み取ることのできない無機質さと他者を圧倒する威圧感があった。緊張に、自然と背筋が伸びる。

「そうです。……母を知っているんですか」

「名前は？」

幸成の問いを、女はあっさりと無視した。

「……藤代、幸成です」

「そう。幸成。私は、葛葉《くずは》といいます。葛の葉と書いて、葛葉」

狐と葛の葉。連想されるのは信太妻《しのだづま》だが、さすがに本人ということはないだろう。そもそも、ここは信太の森ではない。

「大切な人にいただいた名前です。お前の焔と同じように。……ヒボエと呼ぶべきでしょうか？」

「どちらも、同じです」

そう、と葛葉は頷き、足元を見た。

「事情は、あなたの焔が聞いてもいないのに散々説明してくれました。なにやら大変だったようですが」

葛葉は目をすっと細め、幸成に視線を戻す。途端に、周囲の緊張感が増した。

「己の行いが招いた結果でしょう？」

「はい」

「それを、関係のない私に助けろと？」

「……そうです」

数秒の沈黙の後、ほほほ、と甲高い声が辺りに木霊した。葛葉が、白い袖で口元を隠して笑っている。ちっともおかしくないと言わんばかりに、わざとらしい声だった。

「随分と恥知らずな子だこと」

「自覚しています」

恥も外聞もあるものか。自分ではどうすることもできないから、ここに来たのだ。

幸成は、「お願いします」と雪の上に膝を付いた。

焔ともう一度、あの家で共に過ごすことができるのなら、どんなに罵《ののし》られようと構わない。

葛葉は幸成を見下ろし、眉ひとつ動かさない。

「いい機会でしょう。人間とアヤカシは相容れない生き物です。これを機に、離れて暮らしなさいな。そのうち、心は落ち着きます。相手のいない生活にも慣れるでしょう」

ぞっとするほどの冷たさが目に宿っている。

「……よく言うぜ」

幸成と葛葉のやり取りを黙って見ていた鴉が、ぽつりと呟いた。

「人に言えた義理じゃねぇだろ。だいたい、関係ないなんてよく言えたな。元を辿れば、てめぇと敬三が悪いんじゃねぇか」

「本当に、うるさいこと」

煩わしいとばかりに袖を振る葛葉を、鴉が今にも食いつきそうな形相で睨み付ける。

「てめぇらさえ弁《わきま》えていれば、こいつみたいな半端でややこしい人間は生まれなかったんだ！」

葛葉は一向に動じない。

「前は半端だったかもしれませんが、今はもうただの人間でしょう」

「開き直るんじゃねぇよ」

「事実を言っているまでですよ」

鴉が怒れば怒るほど、葛葉の冷たさが際立つ。

「諦めなさい」

感情など一切宿っていない声が、告げた。

「狐と猫では、力の質が違います。私に、焔を元にもどすことなどできません」

「眷属にすればいい！　てめぇならできるんだろ!?」

「お前じゃ、あと二百年は無理でしょうけどね」

「……ババア、いい加減にしろよ」

嵐のような応酬は、幸成に口を差し挟む余地を与えてくれない。

遠慮のない言葉で睨み合う二人は、どこをどう見ても相容れないようだったが、不思議と似ているようにも思える。まるで、姉弟のようでもあった。

「確かに私なら可能です。でも、しませんよ」

幸成は膝を付いたまま、額を雪に押し付けた。

「……お願いします」

無様な姿に、焔が胸を痛めていないようにと願う。

「なんでもします」

焔が幸成のためならなんでもすると言ったように。実際、そうしたように。

「なんでも？」

訝しげな声の後に、再び高らかな笑いが響く。

「なんでもって、なにをするんです。なにもできないから、私のところまで来たというのに」

木々の揺れる音がした。辺りは暗くなり始めている。

「人間とアヤカシが一緒に生きるなんて、どだい無理なんです。情熱に浮かされている、最初のうちはいいかもしれません。けれど絶対に、いずれ歪《ひず》みが生まれます。お前はいずれ、後悔しますよ」

否定することはできなかった。自分は無力で無知だ。葛葉の方がよほどこの世の理《ことわり》を知っている。何百何千と生きた先達《せんだつ》が確かだと断言するのなら、そんな未来がいずれやってくるのかもしれない。

それでも、頭を上げることはできない。

「後悔しても、構いません」

白い地面を見つめながら答える。

「後悔して死ぬほど泣くはめになってもいいんです。それでもいいから、一緒にいたいんです」

何度も焔が望んでくれたように。

焔が現れるまで、幸成は空っぽだった。倦んだ日常と、日々迫ってくる悪夢のような現実。誰か助けてくれと、本当は心の底で叫んでいた。焔は幸成の心の叫びを掬《すく》い取り、代わりにもっと温かなもので満たしてくれた。

温かな日常の代償が、終わりの見えない後悔だというのならばそれでもいい。

そっと顔を上げる。

「そう望んだんじゃないんですか、あなたも」

初めて、葛葉の瞳が微かに揺らいだ。

改めて、美しいと思った。佇まいも面立ちも凛としており、揺るぎない意志の強さを感じる。人ならざる者の美しさというだけでは説明しようがない、圧倒的な優美さ。

敬三の、愛した女性。

「……軽々しく分かったように言わないでほしいですね」

薄い唇が呟く。

幸成が正体を察していることに、葛葉も気付いたようだった。

「あの人と私が一緒にいられたのは、三年の間です。アヤカシのこの身には、寸秒のことでした。どうして三年だけだったと思いますか」

分からないと首を振る。葛葉はすっと遠い場所を見るように視線を逃がした。

「あの人が、私以外の人間を選んだからです」

「あなた以外？」

葛葉に勝るような人間など、想像できない。

「幸恵です」

母親の名前に、幸成は唖然とした。

「……母さん……？」

「あれほど私のことを愛してると言ったのに、愛しているからこそ子供が欲しいのだと言ったのに。幸恵が生まれた途端、あの人の心は娘に移ってしまった」

言っている意味が、うまく理解できない。まるで、子供など生まなければよかったと言わんばかりだ。

「幸恵が三歳になった頃、あの人は私に家を出てほしいと頭を下げました」

「どうして、ですか」

「私の傍にいれば、幸恵の人ならざる力が強くなってしまうからです。その前に離れてくれとあの人は言いました。ひどい話でしょう？　あの人が望むから、私は幸恵を生んだのに。幸恵のために捨てられるなんて、本末転倒もいいところです」

やはりそうだ。葛葉は、生まなければよかったと言っている。ざりと、爪が雪を掻いた。

ひどい話だ。葛葉にとってではない。幸恵にとって、そして、自分にとっても。

「母さんは、死にました」

少しでも責任を感じてほしくて、「あなたから受け継いだ力のせいで」と付け足した。

「そう」

葛葉の反応はあっさりとしたものだった。

「私は、きちんと敬三に言っておきましたよ。半分も私の力が交じった子に、人並みの幸せなど訪れるはずがないと」

ふと、既視感を覚える。葛葉の反応には、覚えがあった。焔が幸成以外のものに見せる淡白さと似ていることに気が付いて、幸成は息を飲む。

「私が愛したのはあの人だけ。私にとっては、あの人より大事なものなんて後にも先にもありません」

やはり、焔と同じだ。

「でも、あの人にとっては私より幸恵の方が大事だった」

「自分の娘を、……愛していなかったんですか」

葛葉が、氷のように冷たい微笑を浮かべる。

「お前たち、人間にとっては理解しがたいかもしれませんね。あの人も、同じ顔をしていましたよ」

母親から、祖母についての話は聞いたことがなかった。もしかしたら、覚えていなかったのかもしれない。もちろん、敬三から聞いたこともない。

「私は、家を出て行く代わりに、なにがあっても決してこの地を離れないでとあの人と約束しました。あの人は、約束を守ってくれた」

ぞっとして、幸成の背筋に嫌な汗が流れた。

敬三は、この地に縛り付けられたのか。

――これからは、二人で生きていくのよ。

家を出た時、寂しそうに言った母親。その寂しさは、葛葉のせいだったのだ。

「理解できないと思うでしょう。それが人間とアヤカシの差ですよ。今はよくても、一緒に過ごせば過ごすほど、分かり合えないことが増えていきます。アヤカシは執念深く嫉妬《しっと》深い。お前はきっと息苦しくなります。……あの人のように」

敬三と葛葉のことなど、幸成には分からない。確かに、理解し得ないことはあったのだろう。けれど、苦しいだけではなかったはずだ。

「じいさんがなにを考えてたかなんて、俺にはよく分かりません」

幸成にとって、誰よりも謎な人だった。厳しい顔をして黙しているだけの祖父。幼い心は随分と傷つけられた。だから、庇ってやるつもりは毛頭ない。

「でも、あなたのことを好きだったから、縛り付けられても構わなかったんじゃないですか」

「憶測でものを言わないことね」

「でも、そうじゃなきゃ、こんな山、売り払えばよかったんだ……！」

他の土地は全て売り払っても、ここだけは手元に残した。決して人が入らないようにして、娘である幸恵や、孫である幸成が近づくことさえ嫌がった。

「代々の墓を捨ててここに埋葬されることまで望んだ。それが全てじゃないですか」

「じいさんの部屋には、あなたの画があります。何枚も、何枚も」

葛葉は初めて、やり込められたように黙り込んだ。

古いものから、新しいものまで。敬三は、葛葉と離れてからもずっと、描き続けていたのだろう。

美しい画だった。

「あなたを選んだことで、じいさんは後悔したかもしれません。でも後悔しても、よかったんだと思います。あなたのためなら」

あれほど理解しがたく恐ろしかった祖父だが、一人の男としてならば同調することができる。

「俺も、同じです」

きっと、焔も。

「私は、余計なものを背負う気はありません。眷属を持つなんてもっての外《ほか》です」

葛葉は先ほどと変わらない冷たい声音で言い切った。幸成が食い下がろうとする前に、「でも」と継ぐ。

「焔をお前の眷属にするのならば、協力しましょう」

「……俺の？」

ずっと黙っていた鴉が眉を顰めた。

「そんな馬鹿な話があるかよ。こいつのどこに、そんな力がある」

「ここに」

白い袖から出る繊細な指が、着物の合わせを押さえる。

「私の力を受け継げばいいんです」

「……そんなことが、できるんですか」

「幸恵やお前に宿っていた力は、私のものですもの。うまく馴染むでしょう。力が大きすぎて受け入れきれない可能性もありますけどね」

「受け入れきれなければ、どうなるんだ」

尋ねたのは鴉だった。

「身体か心、どちらかが破裂するでしょうね。……あら」

葛葉は足元に目を落とし、微かに口角を上げた。

「焔は反対のようですよ。自分が人を、……こら、おやめなさい」

嫋《たお》やかな動作で、膝を払う。

「人を……？　なんですか」

「お前には、言ってほしくないそうですよ」

気になったが、葛葉相手では聞きだすことは難しいだろう。

「この四十年で私の力は随分磨《す》り減りましたが、それでもそこの鴉にも劣らない」

鴉は腕を組み、ふんと鼻を鳴らした。不満げだが、異論はないようだ。

「もちろん、人の身には余るものです。お前はもしかしたら、他の人よりずっと短命になるかもしれませんね。逆に、アヤカシに近い存在になって考えられないほど長命になってしまう可能性もあります。私には、なんの責任も持てませんよ」

「俺が死んだら、焔はどうなります」

「死にます。眷属は主に力を分け与えてもらう代わりに、命を懸けて従い尽くすのですから」

初めて、躊躇いが生まれた。幸成のせいで、焔は長く生きられないかもしれない。

「いいだろ、別に」

幸成の葛藤にさらりと答えたのは、鴉だった。

「お前もあいつも、呆れるくらい盲目だ。今さら、そんなことで迷うなよ」

幸成は僅かな逡巡の後、膝の上で拳を握り、頷く。真っ直ぐ葛葉を見上げた。

「お願いします」

「お前は人とは異なる力を持つことで苦しんだんでしょう？　それ以上に苦しむことになりますよ」

「構いません」

じっと見つめ合う。

不思議な気分だった。血が繋がっているという実感は、まるでない。葛葉も、幸成に親しみを感じている様子は僅かもないようだった。

やがて、葛葉はふっと小さな息を吐く。

「邪魔をしないでちょうだい」

言うや否や、手を叩いて鋭い音を立てた。

「おい！」

鴉が慌てて葛葉の足元に駆け寄り、身を屈める。その様子に、幸成は顔を顰めた。

「……焔に、なにかしたんですか」

「少し眠ってもらっただけですよ。うるさくてかなわないんですもの」

草履《ぞうり》がさくと雪を踏みしめ、幸成に近づく。ゆるりとした動作で腰を屈めた葛葉は、掌をそっと幸成の額に押し当てた。葛葉の手は、思いの外温かかった。

「目を瞑って」

言われた通り、瞼を閉じる。

「息を吸って、ゆっくりと吐きなさい」

冷たい空気が肺を満たす。身体が冷え切っていることに、初めて気が付いた。ぶるり、と肩が震えた、その瞬間――

「……あ……っ!?」

ぶわりと、全身に冷や汗が浮き出た。先ほどとは比べものにならないくらい、大きくガタガタと身体が震えだす。

なにが起こったのかと目を開けるも、目の前には相変わらず感情の読めない葛葉がいるだけだった。

「……ひ、ぐっ」

身体が芯から引き裂かれるような痛みに、喉が引き攣る。自分の身体を抱き締めるように蹲った。

「痛みますか」

尋ねる声に、応えることもできない。視界が霞む。

「ごめんなさいね」

耳元で悲しげな声が囁いた。先ほどまでと、明らかに雰囲気が違う。労《いたわ》るように、ふわりと頭を撫でる手がある。

「本当は、最初からこうなることを期待していました。お前に対して、情がないわけではないのです。ただ、あの人と共にあるためなら、私はどこまでも薄情になれる。お前の焔と、同じように」

なにか言われていることは分かるが、意味を理解するほどの余裕がない。

ついに幸成は地面の上に倒れ込む。冷たい雪が、頬を濡らした。

「幸恵のことだって、可愛くなかったわけじゃないんですよ。まるで壊れやすいおもちゃのようで、大切にしたいと思ったこともありました。幸多かれと、名付けたのは私ですもの。名前を与える行為がどれほどのものか、お前はよく知っているでしょう？」

冷え切っていたはずの身体が、燃えるように熱い。

「でも、娘を想う気持ちよりずっと、あの人に離れてくれと言われた悲しみの方が大きかった」

頼むから後にしてくれと言ったつもりだったが、喉から漏れたのは呻き声だけだった。

「これで、あの人のところに行けます。やっと、一緒にいられる。多少は怒られるかもしれないけれど、きっと許してくれるでしょう。お前のためなら」

ごめんなさいね、と静かな声が繰り返したところで、幸成の意識は途絶えた。

＊＊＊

気が付くと、不思議な場所に立っていた。

天がどこまでも高い。地面には紫陽花《あじさい》に似た花が一面に咲き誇っている。遠くに、三つの人影があった。惹かれるようにして近づく。

ぼやけていた人影の輪郭がだんだんとはっきりしてくる。それが知っている三人だと気付く頃、自然と足が止まった。なぜか、それ以上、近づくことができない。花の彩る地面はずっと先まで続いており、障害物などなにひとつ見えない。しかし、彼岸《ひがん》と此岸《しがん》の境目が、そこにあった。

三人とも、嬉しそうに笑っている。優しかった幸恵はもちろん、ついぞ顰め面しか拝んだことのなかった敬三や、微笑みさえ冷ややかだった葛葉でさえ。

幸成は思わず苦笑する。

「なんだよ、それ。ずるいだろ」

揃いも揃ってそんなに幸せそうにされてしまったら、恨み言のひとつも言えない。

「勝手だよな」

敬三だけを望んだ葛葉も、黙すことに徹した敬三も、そんな父に倣った幸恵も。皆、勝手だ。好き勝手して幸成を独りにし、本当はお前のことを想っていただなんて、都合が良すぎる。

けれど、どれだけ口先で責めても心の中は穏やかだった。

「この先、なにがあっても、もう俺は大丈夫だ」

母親の残してくれた愛情と葛葉の残してくれた力、それに、敬三の残してくれた焔。

「だから、安心してくれよ」

中央に立つ敬三がゆっくりと頷いた。生前は厳しさしか見えなかった瞳には、うっすらと涙が光っているように見えた。

＊＊＊

目が覚める。自室のベッドの上だ。身体にぴたりと寄り添うようにして、一匹のアヤカシが眠っていた。猫に似ているが、普通の猫より身体が大きい。毛並みも異様に綺麗で、きらきらと輝いている。噛まれたら一溜まりもないような大きな牙《きば》が口角から覗いていた。

これが、化け猫か。

こうしてじっくり見るのは初めてだ。一度、呪詛に襲われた時に見ているはずだが、あの時はまじまじと見る余裕などなかった。

なんて美しい生き物だろう。

「焔」

そっと頭に手を伸ばした。触れることができる。温かい。言葉にはできない、不思議な繋がりを感じた。

ぴたりと閉じられていた瞼が震え、炎に似た色の瞳がゆっくりと現れる。ぼんやりとした瞳は、じわじわと焦点を合わせはっきりとしたようだった。

『幸成……！』

焔はがばりと身を起こした。覆いかぶさるようにして、こちらを覗き込んでくる。

『よ、よかった』

「俺、どのくらい寝てた」

最近、こんなことばかりだ。窓の外は暗い。

『大丈夫、一日しか経ってないよ。微動だにしないから、ハラハラしたけど。鴉は、いつ目覚めるか分からないって言うし、葛葉さんは気が付いたらいなくなってるし』

葛葉は、もうどこにもいない。敬三のところに行ってしまった。しまった、というのもおかしいかもしれない。本人は、心底嬉しそうだった。

「ずっとそこにいたのか」

『傍にいるって、言ったから』

「……焔」

少し躊躇ってから、尋ねる。

「ヒボエの方が、いいか？」

『どっちでもいいよ。幸成が呼んでくれるなら、同じことだから』

耳の後ろを撫でてやると、焔は心地よさそうに頭を手に擦り付けてきた。

『俺、昔から幸成の手、大好きだったんだ。撫でられると気持ちよくて、ずっとこうしててほしいって思ってた』

雨の中で出会った小さな野良猫。大切な友人だったはずなのに、年月を経るに連れて思い出すこともなくなっていた。

「ごめんな」

『謝るのは俺の方だよ。幸成のことを守りきれなかった』

充分、守ってもらった。焔がいなければ、幸成は今頃、呪いに飲み込まれて暗闇の奥底だ。

敬三の想いや母親が自分を残して死を選んだ理由、己の血のルーツさえ知ることもなかった。

『よかった。こうして、また幸成に会えて』

焔の舌が、幸成の顔を舐める。ざらざらとした感触に、笑ってしまった。

「こら、痛いって」

恋人同士が睦《むつ》み合うようにじゃれ付き合いながら、幸成はそっと告げる。

「好きだ」

焔は動きを止め、顔を上げた。

『……本当に？』

「知ってるだろ」

いくらなんでも、もう分かっている。川原で戯れたあの白猫は、焔だったはずだ。

『ね、幸成。目を瞑って』

「うん？」

そっと瞼を閉じる。ふっと身体が軽くなった。焔が身体の上から退いたようだ。間もなく、「いいよ」と声がする。

目を開けると、開けた視界の中心に優しげな笑みの青年がいた。ほんの数日間離れていただけだったはずなのに、まるで数十年ぶりに再会したような気がする。

「焔」

ベッドから起き上がり、両手を伸ばす。焔は迷わず、幸成の胸に飛び込んできた。

「……おかえり」

いつも抱き締めてもらうばかりだった焔の身体をぎゅうぎゅうと抱き締める。焔は擽《くすぐ》ったそうに僅かに身を捩ったが、すぐに大人しくなって幸成の腕の中に収まった。

「俺もね」

耳に柔らかな声が吹き込まれる。

「幸成のことが大好きなんだ」

すぐに、「知ってると思うけど」と続いて、幸成は何度も頷いた。

「ありがとう」

「お礼を言うのは、俺の方だよ。幸成が俺に名前を付けてくれた日から、全部が始まったんだ」

遠い日の思い出が、二人を再び繋いでくれた。かつてよりずっと、強い結びつきを感じる。

自然と、唇が重なった。啄《ついば》むように軽く音を立て、やがて舌先が優しく絡む。湿った音に、心臓の音が次第に大きくなっていった。じわじわと体温も上がっていく。

ゆっくりと口腔《こうこう》内を侵されていき、息が乱れる。

「……ね」

吐息が重なるほど近くで、焔がそっと尋ねた。

「なにも考えたくないから、……じゃないよね」

熱に浮かされかけていた頭では、一瞬、なんのことか分からなかった。けれどすぐに、以前自分が言ったのだと思い出す。

「当たり前だ、馬鹿」

現実から目を逸らすために性行為に耽っていた己の過去を、否定するつもりはない。けれど、もう同じことはしないだろう。

焔がベッドに上がり、幸成の太股を跨《また》ぐようにして覆いかぶさってくる。

「大好き。大好き、幸成」

まるで、それしか知らないようにキスばかりを繰り返す。

「ん、……んっ」

舌で上顎を撫でられ、腰が震えた。淫靡《いんび》な刺激に、身体の芯がひくついている。

焔の着る白いシャツに手を伸ばす。躊躇いはなかった。ボタンを一つ一つ外していくと、シャツの下からしなやかな肉体が現れる。焔も同じようにして、幸成の衣類を少しずつくつろげていった。

「幸成、幸成」

熱に浮かされるように名を呼ばれ、キスを繰り返す。呼ばれた数だけ、呼び返した。

スラックスのファスナーが微かな音を立てて下げられる。カッと耳が熱くなると同時に、さらりとした感触の手が下着の中へ忍び込んできた。

「ん、……っ」

包み込むように性器を握られて息を詰める。それだけで、恐ろしいほどの刺激を感じた。緩く上下に揺すられ、ぴくぴくと震える。どんどん血液が下肢へと流れて行き、身体がむず痒《がゆ》くなってくる。

「幸成、幸成」

焔が首筋を柔らかく噛んでくる。雄猫が性行為の際に雌猫の首を噛むことを思い出し、不思議と嬉しくなった。

手が自然と焔の下肢に伸びる。快楽に震える焔のジーンズを探った。前をくつろげて下着越しに触れた性器は既に膨らみかけていた。直接触れると、熱く脈打っている。

「は、あ、あ、……んぁっ」

互いに呼吸を合わせながら手のひらで熱を擦りあげる。時おり悪戯に先端を刺激し合い、喉の奥から絞り出るような甘い声を互いの耳に吹き込んだ。合間にキスを繰り返し、額を擦りつけ合う。

互いの熱が完全に勃ちあがり、先端からの先走りが指をべたべたに濡らした頃、幸成はそっと焔の耳朶に囁いた。

「……繋がり、たい」

同じ気持ちだったのだろう。焔が頬を上気させながらこくりと頷く。

屹立《きつりつ》を刺激していた長い指が、そっと後ろを辿る。

「……ここで、いいの？」

「んっ」

窄まりを撫でられて、背中が粟立《あわだ》つ。

「そ、そう」

経験はないが、不安もなかった。それよりも、焔ともっと深くまで繋がりたい。

「すごく狭そうだね。……入るのかな」

「慣らさないと、無理だと思う。たぶん」

「慣らす？」

「なにかで、濡らして」

「……濡らす」

焔がなにか考えるようにして黙り込む。幸成も同じように黙った。

水、では無理だろう。石鹸《せっけん》ならどうだろうか。

ぼうっとする頭で考えていると、焔が身体を起こした。てっきりなにか濡らすものを探すのだろうと思ったが、焔はぐいと幸成の身体も引っ張り起こす。

「……焔？」

「これ、抱えててくれる？」

渡されたのは枕だ。戸惑いのままに受け取って、腕に抱く。

「それで、こう」

焔が促《うなが》すままに再び身体を倒すが、今度は先ほどと違いうつ伏せだった。なぜと疑問に思う間もなく、後ろからぐいと腰を持ち上げられた。

「ほ、焔⁉」

思わぬ体勢に狼狽える。

「濡らすから、ちょっと待ってね」

「は、はぁ⁉」

ぬるりと、窄まりになにかが触れた。湿っていて、生暖かい。それが舌だと気がつくのに、それほど時間は必要なかった。

「ん、んぁ！　そんなのっ」

枕を抱いていた手を放し、後ろを探る。指先が焔の髪に触れた。離れるようにと引こうとするが、うまく力が入らない。

「舐め、るなって、……ひぁっ」

汚い、と続ける前に、ぬく、と焔の舌が幸成の中に入り込んできた。

「はっ、ふ、ふぁ」

違和感にゾクゾクと背筋が震える。足が震えて、焔が支えていてくれなければ上手く体勢を保つことさえできない。

入り口付近の内壁をぐるりと柔らかい感触が伝う。内股を焔の唾液《だえき》が流れた。それを長い指が掬い、流れるような動作で窄みの中へと指ごと入れ込む。

「んぁっ！」

後孔は大した抵抗もなくつるりと焔の指を飲み込んだ。

「ほむ、らっ、な、……なに、を……んっ」

「ごめんね。……少しだけ、我慢して」

焔の声は先ほどよりずっと低く、背骨を溶かすような熱と甘さを孕《はら》んでいた。

「ちょっと、広がりそうだから」

指が奥へ奥へと探るように入り込んでいく。自然と腰が前に逃げそうになる。けれど、股を抱き込むようにして支える焔の片腕がそれを許さない。

「あ、あっ」

焔は指を動かしながらも、慰めるように窄まりを舐める。舐められるたびに窄まりがみっともなくひくついているのを、自分でも感じた。羞恥で全身が熱い。

「気持ち悪い？」

幸成は枕に頭を押し付けて、ぶんぶんと横に振った。

気持ち悪くはない。ひたすらに、恥ずかしい。

「指、増やしてみるね」

ぐっと中に入ってきた指に、幸成は息を詰める。

「はっ、あ、……っ」

「……大丈夫？　痛くない？」

今度は首を縦に振る。

先ほどより圧迫感はあるが、痛みはない。

「動かすね」

幸成の返事を待たず、焔の指が動いた。

「あ、あ、……ふっ、あっ」

狭い内壁を探る指は優しいのに、確実に幸成を責め立てる。窄まりを舐める舌は労わるようで、まるで遠慮がない。

ふいに、奥を探っていた指の腹が敏感な場所を掠めた。

「——あっ」

背が撓《しな》る。

「……幸成？」

焔が確かめるように、同じ場所を撫でた。

「あっ！　そ、そこっ、あんまり、触っ」

「もしかして、ここが、……気持ちいいの？」

肯定することも否定することもできない。黙って再び枕に顔を埋めると、後ろで微かに笑う気配がした。

「ここが、いいんだ？」

同じ場所を強く押されて、再び背筋が弓なりになる。屹立の先からぽたぽたと零れた液体が、シーツを汚した。みっともないと分かっているのに、身震いを止められない。

「幸成、かわいい」

「わら、うな、よっ」

二十歳を過ぎた男の痴態《ちたい》など、可愛いはずがない。焔は本気で言っていると分かっているからこそ、居た堪れなさで消え入りそうだった。

「だって、嬉しいんだよ」

焔の指が同じ場所を二度三度と突く。自然と腰が揺れた。底から湧いてくる愉悦《ゆえつ》のせいで脳内はぐちゃぐちゃだ。

「ほ、焔！　もうっ……あ、……あっ」

限界だと告げようとした時、浅い入り口を彷徨っていた舌と、奥を掻き交ぜていた指が抜けた。焔が幸成の背に覆い被さってくる。

「ごめん、俺、もう我慢できないみたい」

熱い吐息をうなじに感じた。

「ねえ、幸成。入って、いい？　入りたい」

吐息以上に熱い昂《たかぶ》りが、ぐっと臀部《でんぶ》に押し付けられる。

「いい。俺も、もう、限界だから……っ」

答えた途端、熱く滾《たぎ》ったものが双丘《そうきゅう》を割る。唾液でべとべとになった窄まりへと、先端がぴたりと押し付けられた。

「はっ、あっ、……あっ」

浅い呼吸を繰り返し身体の強張りを逃がす。ぐっと、圧迫される感触。小さく痙攣した幸成の隙を突いて、押し当てられたものが少しだけ強引に中へと入ってきた。

「んんんっ！」

足が攣りそうだ。後ろから背中を覆う様に影を落とす焔が、違和感に少し萎《な》えかけていた幸成の熱を擦る。痛みと快楽が同時に下肢を責め立てて、幸成は何度も何度も、意味のない喘ぎ声を洩《も》らした。

「あ、あ、……ひぁっ」

じりじりと中に入り込んできた熱が、一気にずるりと奥まで入り込む。

「幸成、あつ、い」

焔の息も切れ切れだ。

「でも、全部、入った、よ」

熱くて、硬い。焔の一部が、ぐちゃぐちゃになった幸成の中で脈打っている。無意識のうちに、腰が揺れた。

「ゆ、幸成？」

「はっ、ん、……んっ」

焔と繋がっている。誰よりも近く、深くで。

幸成は肩口に埋まる焔の頭を片手で抱いた。

「好き、だ」

嬌声《きょうせい》交じりに囁く。

されるがままだった焔が、幸成の腰を捕らえてぐんと下肢を押し付けてくる。

「あ、あ、……んぁっ」

強く揺り動かされ、眩暈《めまい》さえ覚える。微かに痛みを感じたものの、遙《はる》かに大きな快楽が全て飲み込んでしまう。

「い、いく、もうっ、あ、」

もっと長く繋がっていたいのに、我慢できない。ぐいぐいと中を擦られ続けるうちに、幸成は一層高い嬌声を上げて達してしまった。途端に身体が弛緩《しかん》しそうになる。しかし、

「うぁっ⁉」

突然襲った、鋭い痛みに悲鳴めいた声が漏れた。

「いっ……んっ！」

首筋を痛いほどに噛まれていると気が付いたのは、身体の奥で焔が果てたのと同時だった。

「んっ、ほむ、ら。痛っ」

はっと息を飲むような気配がして、鋭い痛みが遠ざかる。

「ご、ごめん」

ジンジンと疼《うず》く首筋に、焔が慌てて舌を這わせた。

「ごめん、幸成。俺、途中でなにがなんだか分からなくなって、」

「いい、大丈夫、だ」

むしろ、我を忘れるほど熱に飲み込まれてくれたことが、嬉しい。

幸成が僅かに身じろぐと、焔は腰を引いた。性器とともにどろりとした液体が後口から零れ落ちる。その緩やかな快感に、幸成は背を震わせた。

「――っ」

「ごめん、痛かったよね」

向き合った焔は、今にも泣き出しそうな顔をしている。今しがた初めて身体を繋げたばかりの恋人とは思えない反応だった。

「痕になってる」

「大丈夫だって」

いいと言うのに、焔は幸成を引き寄せて自分の付けた歯の痕をぺろぺろと舐める。性的な意味を孕んでいないと分かっているのに、焔の舌の感触を覚えている身体は、自然と再び甘く疼きだした。

目の前に晒された焔の首筋に、幸成も舌を這わせる。

ばっと、焔が顔を上げた。幸成の舐めた首筋を押さえ、顔を真っ赤にしている。

「な、なに？」

「やり返してやろうと思って」

じりじりと近づくと、焔も同じようにじりじりと後退する。ベッドの隅に追い詰められた焔に、幸成は乗りかかるようにして迫った。

「ゆ、幸成。駄目だよ。離れて」

焔の視線が、困ったように宙をさ迷う。

「なんで？」

「だって」

焔は顔を赤くしたまま、蚊の鳴くような声で呟いた。

「また……したくなる」

「すればいいだろ」

幸成の返事に、焔の目が丸くなる。まるで、飴玉のようだ。

「……いいの？」

「誰も一回なんて、決めてないだろ」

「でも俺、また噛むかもしれない。自分でも、よく覚えてないんだ」

「お前が噛んでくれたの、気持ちよかったけど」

「えっ」

焔の目がますます丸くなる。今にも零れ落ちてしまいそうだった。

「痛かったけど、気持ちよかったよ。それに、噛んだらまた舐めてくれればいいし」

手を伸ばして、焔の頬に触れる。

「気持ちよかった？」

「うん」

「また、してもいい？」

「しよう」

焔が、両腕でぎゅうと幸成を抱き締める。

「好き。……好きだよ。大好き」

譫言《うわごと》のように繰り返す様子がおかしくて、幸成は笑いながら焔の頬に口づけた。焔も、お返しとばかりに口づけてくる。

戯れるように触れ合いながら、再びベッドに横になる。すでに、二人の昂りは頭を擡げ始めていた。

「今度は、顔を見てしよう」

額を擦り付けて言うと、焔ははにかんで頷いた。

愛撫《あいぶ》とキスを繰り返せば、下肢は簡単に熱を取り戻す。

二人の放った白濁《はくだく》で濡れそぼった窄まりは、今度はほとんど抵抗なく焔を迎え入れた。再び熱が奥深くまで侵入してくる。完全に繋がっても、二人は吐息を重ね合うばかりで先ほどのように急性に動いたりはしなかった。

焔が、じっと幸成を見つめる。汗で額に張り付く髪の毛、朱に染まった頬、赤い舌の覗く唇、微かに潤んだ瞳。なにひとつ見逃すまいとする熱の籠もった視線が幸成を弄《いじ》る。

視線に耐えられなくなって顔を腕で覆い隠そうとすると、手首をシーツに縫いとめられた。

「ふっ、あっ」

下肢を揺らされて、声が漏れる。ゆっくり、ゆっくり、抉るように中を刺激されて、足元から這い上がってくるような快楽に幸成は身を捩らせた。

「こっち、見て」

焔の声に促され、枕に半分埋めかけていた顔を上げる。そこには、自分と同じように顔を上気させ眉根を寄せる焔がいた。

「お前、……綺麗、だな」

幸成は、思わず呟く。

最初に現れた時から思っていた。綺麗な男だと。目覚めた時も、なんて綺麗なアヤカシなのかと感動していた。それほどに美しいものが、幸成とひとつになっている。

「俺の、ものだ」

呻くように、告げる。

心も身体も、全て、俺のものだ。

焔が、くしゃりと顔を綻ばせた。

「幸成、も？」

「そう。俺も、お前の、もの……んあっ」

最奥を突かれて、全身がぱっと粟立つ。

「ご、ごめん。ゆっくりって、言ったのに、……っ」

堪えきれないとでもいうように焔の腰がうねり、ずくずくと内側を侵していく。

数え切れないほど顔じゅうにキスを繰り返し、焔の美しい四肢に広がる傷痕を優しく辿る。

突き上げられる衝撃に、幸成は何度も限界を感じながら熱のうねりの中へ飲み込まれていった。

終章

開け放たれた窓から差し込む春の日差しが、ぽかぽかと暖かい。

赤い表紙の問題集を片手に居間で考え込んでいた幸成は、ぽんと肩を叩かれて振り返る。焔が腰を屈めてこちらを見ていた。問題集に夢中になって、居間に焔が入ってきたことにさえ気づいてなかった。

焔の脇には木製の配膳《はいぜん》トレーが置かれている。トレーには紅茶の入ったカップが二つと、クッキーの並んだ皿が載っていた。

「休憩にしない？」

壁時計を確認する。ちょうど三時を回ったところだった。

「そうだな」

幸成が問題集を床に伏せて頷くと、焔はぱっと笑顔になった。トレーに載っていたカップと皿をローテーブルの上に並べ、ぴったりと腕が付くほど間近に腰を下ろす。焔の身体の陰からひょこりと赤い子鬼が顔を出して、テーブルの上によじ登った。

『聞いてくれよ、幸成。焔のやつ、三十分も前から今か今かと時計と睨み合ってたんだぜ。まだ早いかなとか、三時になったらいいよねとか、もううるせーのなんの』

「や、家鳴っ」

焔が僅かに赤くなる。

幸成は数度瞬いてから小さく噴き出した。どうやら、お茶とクッキーは可愛らしい言い訳だったようだ。

「構ってほしいなら、そう言えばいいのに」

手触りのいい色素の薄い髪をそっと撫でてやる。焔は嬉しげに眼を細めて、幸成の肩に頭を押し付けた。

家鳴は見飽きた光景とばかりに寄り添う二人には興味を失った様子で、自分の身体ほどもあるクッキーを抱えてむしゃむしゃと食べ始めている。

「邪魔したら悪いと思って」

「邪魔なわけないだろ」

焔は一層嬉しげになり、すりすりと頭を擦り付けてくる。首元を擽る髪の感触が少しだけ擽ったかったが、幸成は焔の好きなようにさせていた。

ふいに、青空に黒いシルエットが現れる。

「あ、鴉」

幸成が呟くと、焔も顔を上げて開け放たれた窓の外に目を向ける。

カァ、と不機嫌そうな鳴き声がひとつ、落ちてきた。しかし反応はそれだけで、鴉は神社の方へと飛んで行く。

「寄って行けばいいのにな」

通りがかりに寄っては、焔をからかっていくこともある。しかし、今日は気分でないのか忙しいのか、黒い身体は窓枠の中にはもう見えない。

「……幸成は、鴉のこと結構気に入ってるよね」

「え？　ああ。そうだな」

こちらは随分と嫌われているようだが、だからといって嫌いになることはできない。鴉がいなければ、幸成と焔は共に過ごす穏やかな生活に戻ることはできなかっただろう。

会うたびに睨みつけてきたスーツ姿の男が神の眷属であり、化け鴉だと知ったのは幸成にアヤカシの力が宿ってからのことだ。名前や立ち振る舞い、焔との関わりから普通の男ではないのだろうと察していたものの、まさか幸成がこっちに戻って来てから時おり見かけたあの大きな鴉だったとは思わなかった。

ずっと焔を見守っていたのだろう。きっと今も、これからも。

「どこが気に入ったの」

「どこって」

一途で不器用なところとだと言ったところで、焔には理解できないだろう。鴉が隠した想いを間接的に伝えるほど野暮《やぼ》にも無神経にもなれない。

そんな幸成の心中を知れば、鴉はまた嫌な顔をするだろう。余裕ぶりやがって、と。

「なんとなく」

「えー……」

心配そうに眉根を寄せる焔に、幸成は思わず笑ってしまう。本来であれば、心配すべきは自分の方だというのに。

「悪友っていうか、そういう感じになれる気がしてるんだ」

すでになれている気もする。もちろん、これも本人が聞けば険しい顔をするに違いないが。

焔は晴れない顔のまま、再び幸成の肩に頭を載せる。

「……いいよ。幸成の一番は、俺だから」

まるで自分に言い聞かせているような口調だった。当たり前だろと言う代わりに、ぽんぽんと頭を軽く叩いてやる。

『敬三が見たら鼻で笑いそうな光景だな』

そう言いながら、家鳴こそが鼻で笑った。

『まぁ、後で存分に見せつけて来いよ』

「一緒に来ないのか」

幸成の問いに家鳴は肩を竦める。

『行かねぇよ。一周忌なんてのは、人間の風習だろ』

一年前の今日、敬三が死んだ。正確には、あと三時間ほど後の話だ。

僧侶《そうりょ》や親戚を呼んで法要を行うのが本来の一周忌であり、殊《こと》に、田舎では習わし通りにきちんと執り行うことが当たり前だが、焔と相談して二人で墓参りに行くだけに留めようと決めた。元々、焔に面倒なことは一切しなくていいからと言い残して死んだらしい。そもそも、付き合いのある親戚とて皆無だ。

そんなわけで、夕方には二人で礼服を着て敬三の墓前に行くことになっている。それまでにあと十ページは終わらせるつもりなのだが可能だろうかと、伏せてあった参考書に目を落とす。いつの間にかクッキーを食べ終わった家鳴が、今度は赤い表紙の上に乗って足元を繁々《しげしげ》と眺めていた。

『この本、なんなんだ？』

「これは赤本って言って、大学受験用の問題集なんだ」

『大学ぅ？』

「幸成の邪魔しちゃ駄目だよ」

焔が幸成の身体越し、家鳴に声を掛ける。

『お前だって幸成の邪魔してんだろーが』

「俺は休憩の時間まで待ったよ」

『だったら俺も一緒だろ』

「家鳴はクッキー食べたかっただけじゃないか」

『お前は幸成を独り占めしたいだけだろ』

やいやいと二人が言い合っていると、ガラガラと玄関の開く音がした。次いで、「藤代ー！」と、小学生が友達を誘いに来たような声が続く。それは、最近頻繁に連絡を取り合っているかつてのクラスメート、横井の声だった。

「横井さん？　なにしに来たの？」

焔が首を傾げる。

「先週飲んだ時に大学の資料を持ってきてくれるって言ったから、それかもしれないな」

焔は子どものように頬こそ膨らませたりしないものの、あからさまに不満げな顔になった。

「どうした？　横井のこと、嫌いじゃないって前に言ってただろ？」

「……小野原さんよりはマシって言っただけだよ」

幸成は思わず噴き出した。

以前の焔は、幸成に少しでも近づこうとする人間には敏感に反応していた。横井どころか隣家の主婦まで警戒していたようだ。不安ゆえだったのだと、寝物語として聞いたことがある。

その時、焔は「でも、もう大丈夫」と言って幸成を強く強く抱きしめた。幸成も同じように抱き締め返した。

深く繋がり合っているという確信と、この先、なにがあっても一緒にいられるという確証が、互いにある。些細《ささい》なことで不安になる必要など、なにもない。

ただし、焔にとって小野原加奈だけは例外のようだった。

小野原からは、よく連絡が来る。大抵は幸成より先に焔が電話に出るが、相手が小野原の時は焔の声がいつもより数段低くなる。傍から見ているとおかしいのだが、本人は気が気でないらしい。小野原と幸成が話している間は、絶対に傍から離れない。

小野原のなにがそれほど気に入らないのか分からないが、「あの女だけは油断できない」と眉を顰めていたと、家鳴が教えてくれた。

一方、小野原の方は、焔に警戒されていることを楽しんでいる節がある。本気かどうか知れないが、近々こちらに遊びに来るつもりらしい。二人が対峙するのが今から不安であり、ほんの少しだけ楽しみでもある。

再び、玄関から「藤代ー?」と声が聞こえる。

「ああ、すぐ行く!」

大声で答え、幸成は腰を上げる。せっかくの休憩時間だったのにとガッカリしている焔の旋毛《つむじ》に、そっとキスをした。不意を突かれた焔がぱっと顔を上げる。

「ごめんな」

「……ズルいなぁ、そんな顔」

困った顔で焔が笑う。

「いいよ、幸成の受験が終わるまで、我慢するって約束したのは俺だから」

ありがとうと言い残して、幸成は横井の待つ玄関へと向かった。

大学の再受験を決めたのは、ほんの数週間前のことだ。

焔と緩やかに過ごす日々は楽しい。幸成に対して最初はよそよそしかった家鳴も今ではすっかりと慣れたし、鴉との関係も格段に改善された。横井が訪ねて来ては、母親から聞いたという町の噂話や最近できた彼女の話を長々としていくこともあれば、近隣の住人が田畑で取れたものを御裾わけだと持ってきては敬三の思い出話をしていくこともある。年寄りの口からは時おり、葛葉の名を聞くこともできた。「いつの間にか別れてしまったようだが、どえらい別嬪《べっぴん》だったよ」とは、隣家のご隠居の弁だ。

最近の藤代家は、帰って来たばかりの頃が嘘のように賑やかだ。

焔との平穏な毎日はまるで幸せに包まれたお伽噺《とぎばなし》のようで、望めば永遠に続いていく気さえする。けれど、それはただの幻想だ。幸せのみに彩られた生活など、誰にとってもありえない。もちろん、幸成にとっても。

幸成には、人ならざる力が宿っている。人の身には大きすぎる力は、時おり発作のように幸成を苦しめる。夜に魘されて目覚めることは、今でもそれほど珍しくはない。以前のように影に追い詰められる夢を見たりはしない。代わりに、幸成の身体は炎に包まれている。焔の瞳のように、真っ赤な炎。熱くて苦しくて、目が覚める。

葛葉から受け継いだ力のせいであることは明白だった。血が繋がっているとはいえ、葛葉の置き土産は、やはり人の身にはすぎたようだった。

穏やかな昼と息苦しい夜の狭間で考えたのは、どうすれば己に宿った力を生かせるだろうかということだった。

小野原には、自分の所属している会社に入らないかと誘われた。僅かに迷ったが、断った。誰かを呪ったり呪われたりすることは、もうたくさんだ。

だからと言って、己の犯した罪から目を逸らすわけにはいかない。贖罪《しょくざい》は、するべきなのだ。だから、力の活かし方を考えた。まだ、今も考えている。幸成のこれからの人生は、ほとんどがそのために費やされるのだろう。

焔は気にするなと言うが、そこだけは譲れない。人として。

そう、自分は人だ。と、幸成は思っている。

人として生きてきたのだ。最期まで、人でありたい。

その一歩として、放り投げてしまった学生生活にもう一度だけ身を投じてみようと決めた。避けてきた人との関わりと、己の世界を広げること。見えなかったものが見えるようになれば、今は見えない贖罪への道が照らされるかもしれない。

幸成の決意を聞いた焔は、少しだけ戸惑ったような顔をしたものの反対はしなかった。

勉強は昔からそれほど嫌いではない。とはいえ、かなりのブランクがある。それに、ただ就職に有利だからと理系の学部へと進んだ前回と違い、文系に進もうと決めている。土着《どちゃく》の民俗学を研究するためだ。この数年で受験のシステムも多少変化しているらしく、頭に詰め込むことは山ほどあった。

そんな理由《わけ》で、最近の幸成は教科書や問題集片手に机に向かっていることが多い。焔は邪魔をしないようにと気を付けながら隙を窺って甘えてくるが、それでも時おり物足りなさそうな顔をしている。申し訳ないとは感じるものの、来年までは同じような生活が続くだろう。

大学のパンフレットや自分のシラバスを持ってきてくれた横井は、藤代家に上がり込んで二時間ほど雑談していった。幸成としては大学の話が聞きたかったのだが、昨日彼女と喧嘩したのだと延々泣き言ばかりを口にしていた。飲みに行こうと言い出した横井に、ちゃんと電話して仲直りするようにと言い含めて帰らせる頃には、もう五時を回っていた。

急いで準備を整えた幸成と焔は、家鳴に留守を預けて家を出た。二人揃って、黒いスーツに身を包んでいる。焔は首元に違和感があるのか、しきりに慣れないネクタイをいじっている。

「緩めてたっていいんじゃないか」

「でも、敬三のお葬式の時にそうしてたら、挨拶に来た隣の家の人が駄目だよって」

「今日は人の目もないし、じいさんは気にしないだろ」

立ち止まり、ほんの少しだけ首元を緩めてやる。

沈み始めた太陽が、空を赤く染めている。柔らかな風が川の水面《みなも》を撫で水草を揺らしていた。子どもたちが家へと走り帰っていく。

逢魔が時。アヤカシたちの時間。

気を付けなきゃ駄目よと、幼い頃に何度も聞いた母親の注意する声が聞こえた気がした。

夕日を受けて真っ赤に染まった瞳が、幸成を見つめている。

「どうしたの？」

幸成を捕えた、アヤカシの目。母親の忠告は、無駄に終わってしまった。しかし、後悔はしていない。もし何度過去をやり直せるとしても、何度だって望んでこの瞳に囚《とら》われるだろう。

「幸成？」

「……いや」

幸成は笑って首を横に振った。

「なんでもない。行こう」

焔は食い下がることなく、幸成の隣を静かに歩いた。

川原を歩き続けると、やがて墓地が見えてくる。藤代家代々の先祖が眠る土地には目もくれず、二人は立ち入り禁止の看板が掲げられた裏手の山道へと入っていく。

冬は、とっくに過ぎ去った。足元には雪のかけらひとつ、残っていない。

緩やかな山道を登っていくと、少し開けた場所に出た。さらに上へと続く道の脇に、小さな墓石が佇んでいる。

焔が、家から持ってきた花束をそっと墓の前へ置いた。幸成は立ったまま、じっと墓石に刻まれた名前を見つめている。手を合わせるべきか迷ったが、そんな辛気臭いことはするなと不愛想な声が聞こえてきそうで、結局、短く目を閉じるだけに留めた。

半年前ここにやって来た時は、浴びせるほどの恨み言を胸に抱いていた。今はもう、ひとつも思い浮かばない。代わりに、言い様のない思いが胸に去来している。

敬三を恐ろしく感じていた幼い頃の気持ちは、もう判然としないほど薄れてしまっている。思い返せば、どうしてそれほど恐れていたのだろうと疑問に感じるほどだ。もちろん、敬三の態度のせいだった。それでも、恐れずにきちんと向き合うことさえできれば、きっと厳格なだけでない祖父の姿も見えただろうにと、考えずにはいられない。語ることさえ躊躇わなければ、敬三にも母親にも違う最期があっただろう。

「幸成が罪悪感を持つ必要なんてないんだよ」

目を開けると、焔が横に立っていた。ぎゅっと幸成の手を握ってくる。

「敬三は、幸恵と幸成にどう思われようと、二人のことを愛してた。愛してることが、幸せだったんだ」

「……分かってる」

分かっていても、幸成はこの場所に来るたびに後悔するだろう。失うということは、もう自分ではどうすることもできない後悔を抱き続けることなのかもしれない。

「俺、なんとかやってるから。まぁ、見ててくれよ」

敬三と葛葉と幸恵。三人で、笑って見ていてくれたらいい。大きな力を受け継いだ時に見た、あの時のように。

「どうした」

ふいに、焔の顔が切なげに歪んでいることに気が付く。

「なんか、大人になったなって、思って」

「なんだ、そりゃ」

繋がれた手に、ぎゅっと力が籠もる。

「昔は、幸成の友達は俺だけだったのに、今はもう、横井さんや小野原さんがいる。家鳴や鴉だって」

さわさわと木々が揺れる。

「これから大学に行って、……ううん、大学だけじゃない。その先だって、幸成の世界はどんどん広がっていく」

焔の瞳が赤い。炎のように。

「でも、どれだけ世界が広がっても、俺の場所はひとつだけだ」

焔のいる、あの家だけだ。

「うん。分かってるよ」

赤い瞳に嘘はない。誰よりも深いところで繋がっている幸成には、分かる。焔は、ただ、ほんの少し寂しいだけなのだ。

「分かってるけど、そう言ってもらえて嬉しい」

くしゃりと、焔が笑う。泣きだしそうにも見える笑みにどうしようもない愛おしさを覚えて、幸成はそっと唇を重ねた。啄ばむように、二度、三度。

「……敬三、こんなとこでイチャつくなって言ってるかもね」

唇を離すと、焔が擽ったそうな声で囁いた。一理ある。もしくは、家鳴が言っていたように、鼻で笑っているかもしれない。

「いいだろ。どうせ自分だって、葛葉さんや母さんと仲良くやってんだろうから」

「ああ。そうかも」

二人揃って、空を見上げる。白と朱色がまだらになった雲が頭上を流れていく。その向こう側は、もう藍色に染まり始めていた。

逢魔が時が終わり、もうすぐ夜がやって来る。

「帰ろうか、幸成」

焔が微笑む。今度は、切なさも寂しさも感じさせない、心底嬉しそうな笑みだった。幸成も、同じように笑って頷く。

「ああ、帰ろう」

愛する人たちの思い出が詰まった、二人の家に。

帰ろう。

その家には、人とアヤカシが愛し合いながら暮らしている。幸せに、幸せに。

■あとがき■

妖怪はお好きですか。私は大好きです。

夏は各所で妖怪関係のイベントが催されますが、今作を書いている期間中にも両国で一際大きな妖怪展が開催されていました。夏休み中ということもあって会場はひたすら列、列、列でしたが、もしかしたら天井や壁から妖怪が覗きながら呆れているかもなぁと妄想すると、長い列に並ぶこともそれほど苦ではありませんでした。賑やかで楽しかったです。


妖怪というと、皆さんは真っ先になにを思い浮かべられるのでしょうか。私は「おいてけぼり」です。幼い頃、母親によく本を読んでもらいましたが、その中でもおいてけぼりの話が一等好きでした。不思議と怖さはなく、本に描かれていた楚々とした立ち姿が、幼い私にはとても素敵に見えました。毛布を腰に巻いておいてけぼりごっこをするのがとても好きだったことを、今でも鮮明に覚えています。

おいてけぼりの正体は河童、狸、狐など諸説あるようですが、私の中では今でも、かつて見た美しい女性の姿こそがおいてけぼりであり、それが全てです。そういった想像の自由が許される妖怪という概念の懐の深さは、本当に偉大ですね！

さて、本書は猫の妖怪話です。猫といえば魔性。そして、死と不吉の象徴です。猫好きとしては受け入れがたいですが、魔性だけは大きく頷いてしまいます。あの飴玉のような目で甘えられたら、なんでも言うことを聞きたくなってしまう。恐ろしいです。しかし、それがいい。

焔はデレデレしていますが、ツンツンの猫も大好きです。実家の猫は触られるのが嫌なくせに、離れていると擂り寄ってきます。可愛すぎるやろが……。

そういう猫のお話も、いつか書けたらいいなと思います。

麗わしいイラストで本書に花を添えてくださったみずかねりょう先生、いつもお世話になっている担当さんをはじめ、出版に関わってくださっている方々、そしてここまでお付き合いくださった皆さんに、心より感謝申し上げます。

綾ちはる（@ayachiharu716）

初出
「猫の笑う、幸せの棲家」書き下ろし

CHOCOLAT
BUNKO

この本を読んでのご意見、ご感想をお寄せ下さい。
作者への手紙もお待ちしております。

あて先
〒171-0014東京都豊島区池袋2-41-6
第一シャンボールビル 7階
(株)心交社　ショコラ編集部

猫の笑う、幸せの棲家

2016年11月20日　第1刷

著　者:綾ちはる
発行者:林 高弘
発行所:株式会社　心交社
〒171-0014　東京都豊島区池袋2-41-6
第一シャンボールビル 7階
(編集)03-3980-6337 (営業)03-3959-6169
http://www.chocolat_novels.com/
印刷所:図書印刷 株式会社